L'Homme
de l'aube

L'Homme
de l'aube

Daniel Mativat

roman

**ÉDITIONS
PIERRE TISSEYRE**

9300, boul. Henri-Bourassa Ouest, bureau 220
Saint-Laurent (Québec) H4S 1L5
Téléphone: 514-335-0777 – Télécopieur: 514-335-6723
Courriel: info@edtisseyre.ca

**Catalogage avant publication
de Bibliothèque et Archives Canada**

Mativat, Daniel

    L'Homme de l'aube

    (Collection Ethnos ; 7. Roman)
    Pour les jeunes de 12 ans et plus.

    ISBN 978-2-89633-022-5

    I. Pelletier, Carl II. Titre. III. Collection : Collection
    Ethnos (Éditions Pierre Tisseyre) ; 7

PS8576.A828H65 2007   jC843'.54   C2007-940791-9
PS9576.A828H65 2007

Prologue

À l'époque de la télévision et d'Internet, la réponse à toutes nos questions est à une pression de bouton et à un clic de souris. Tout est si facile que nous avons tendance à considérer bien des choses comme évidentes : l'homme qui descend du singe, l'évolution des espèces, l'existence des dinosaures, le droit de vote et le droit à l'éducation des femmes. Or, il y a à peine cent ans, même dans un pays aussi évolué que l'Angleterre victorienne, de tels sujets provoquaient des discussions passionnées. Au nom de la religion et de la morale, on fustigeait toute excentricité. Au nom de la tradition et du conservatisme, on condamnait toute théorie ou toute découverte scientifique audacieuse.

L'histoire de Mabel Woodward nous décrit cette époque pas si lointaine où les jeunes filles devaient se battre juste pour avoir l'autorisation de se promener à bicyclette. Elle dénonce l'étroitesse d'esprit et la prétention des élites détentrices du savoir. Elle rappelle aussi que la meilleure façon de faire progresser une société, c'est encore de la critiquer intelligemment et de dénoncer son hypocrisie avec humour.

L'affaire de l'Homme de l'aube est en partie véridique. Elle est passée dans l'Histoire comme un des canulars scientifiques les mieux réussis. Je pense qu'elle est encore d'actualité, car elle nous rappelle qu'il faut se défier de tous ceux qui prétendent détenir la vérité de manière absolue, que ce soit en matière de religion ou de sciences.

1

Burlington House, 18 décembre 1912

Toute ma vie les circonstances de cette fameuse soirée du 18 décembre 1912 resteront gravées dans ma mémoire. J'avais attendu ce moment si longtemps.

— *Ladies and gentlemen*, sans plus tarder, je cède la parole à notre honorable invité, monsieur Charles Dawson, qui va vous faire part de son extraordinaire découverte.

L'homme à barbe blanche qui venait d'ouvrir ainsi la séance était nul autre que le très savant et très respecté Arthur Smith Woodward, président de la Société géologique de Londres, une des plus éminentes personnalités de la communauté scientifique de Grande-Bretagne.

Spontanément, la centaine de curieux, de savants et de journalistes, qui s'entassaient depuis huit heures du soir dans la salle trop exiguë de la Burlington House, se mirent à applaudir, et un petit homme grassouillet chargé d'une lourde boîte s'avança vers l'estrade, qu'il gravit en faisant craquer les marches sous le poids de ses brodequins ferrés. Lui, je l'aurais reconnu entre mille et, penchée vers mon voisin, je ne pus m'empêcher de pouffer de rire en murmurant :

— Ça va marcher. Ce gros bouffon n'y a toujours vu que du feu. Cette fois, il va se ridiculiser publiquement.

J'étais alors une toute jeune fille. À peine dix-sept ans. Les yeux vifs. Les cheveux attachés par un ruban bleu pervenche. Je me trémoussais sans arrêt sur ma chaise et mon compagnon, qui portait la soutane, s'efforçait sans arrêt de me calmer.

— Chut ! Voyons, un peu de sérieux, Mabel ! Vous allez tout faire rater. Écoutez : il va parler !

Dans l'intervalle, en effet, le petit homme rondouillard avait eu le temps d'extraire de son carton un crâne étrange de couleur rouge brunâtre aux arcades sourcilières proéminentes et à la mâchoire partiellement brisée. Il commença par avaler une gorgée d'eau puis, après s'être éclairci la voix, il lança d'un ton ronflant :

— Mes amis, voici celui que vous attendez tous. Celui dont les journaux parlent depuis un mois : l'*eoanthropus*, l'Homme de l'aube.

Le plus vieux fossile pré-humain connu à ce jour…!

Une rumeur admirative se répandit dans la pièce à hautes colonnes où étaient suspendus les portraits de Bacon, Harvey, Newton, Priestley et autres illustres savants du royaume.

Un journaliste, au premier rang, se leva. Son crayon et son calepin à la main, il demanda :

— Est-ce le fameux singe dont nous descendrions tous ?

Dawson, visiblement agacé d'avoir été interrompu, répondit :

— Oui… En quelque sorte. Mais je dirais plutôt qu'il s'agit d'un être à mi-chemin entre l'homme et le singe…

— Vous voulez dire que ce serait le chaînon manquant[1]! intervint un autre reporter.

---

1. À l'époque de la reine Victoria on croyait à la théorie créationniste de la Bible, selon laquelle Dieu avait créé les êtres vivants sous la forme que nous connaissons. Darwin provoqua toute une commotion en exposant sa théorie de l'évolution des espèces et de l'origine de l'homme. Il affirmait en effet que ce dernier n'était qu'un singe évolué (*De la descendance de l'homme*, 1871). Afin de valider cette idée choquante, pour l'époque, de la *ape theory*, il était important de trouver un fossile représentant une forme intermédiaire ou transitionnelle entre l'homme et le singe, un fossile, par exemple, du genre de l'archéoptéryx (1873) qui prouvait que les oiseaux descendaient des dinosaures volants. De là la recherche du célèbre chaînon manquant…

— C'est bien cela. Observez l'os de la mâchoire. Il a des caractères pithécoïdes évidents, mais le crâne, avec son beau front droit et son volume impressionnant, a une morphologie tout à fait humaine. Selon moi, ce crâne est donc celui de notre ancêtre direct.

À ces mots, la salle entière fit une longue ovation au conférencier qui rougit de plaisir avant de se lancer dans un obscur discours sur l'ancienneté probable de sa fabuleuse découverte.

— Cette couche d'oxyde de fer qui recouvre les os et le fait que ceux-ci aient été trouvés dans une gravière bien au-dessus du cours actuel de la rivière Ouse, et ce, au milieu de restes de mastodontes et autres animaux disparus, m'incite à penser que mon *eoanthropus* remonte sans doute au quaternaire ancien et, qui sait, peut-être à l'époque tertiaire[2]! Nous serions donc en présence ni plus ni moins du père de l'humanité. Ce qui veut dire – et nul ne s'en étonnera – qu'Adam était Anglais!

Les applaudissements reprirent et, ravie, je me mis moi aussi debout pour applaudir à deux mains tout en cherchant à faire partager

---

2. Il fut admis pendant presque un demi-siècle que l'eoanthropus ou homme de Piltdown remontait à l'acheuléen ou Paléolithique inférieur.

mon enthousiasme à mon complice qui, lui, demeura assis et me parut plutôt perplexe.

— Nous allons réussir, Pierre ! C'est merveilleux !

Le jeune prêtre sourit.

En avant, sur la scène, le président avait rejoint le héros du jour pour le féliciter. Les deux hommes se serrèrent la main et se congratulèrent longuement. Puis, quand le calme revint, l'organisateur de la soirée remercia une fois de plus son invité en ajoutant au grand plaisir de l'assistance :

— Cher collègue, les membres de notre société ont une dernière faveur à vous demander…

Dawson prit un air faussement surpris.

M. Woodward, en orateur qui maîtrisait parfaitement ses effets, suspendit sa phrase quelques secondes avant de poursuivre :

— Celle d'accoler votre propre patronyme au nom de votre homme-singe qui sera officiellement enregistré sous la dénomination de *Eoanthropus Dawsoni*.

Flatté, le découvreur s'inclina et multiplia les courbettes pour saluer l'assemblée.

Pierre me souffla à l'oreille :

— Allons-nous-en. Il vaut mieux éviter la foule. En plus, je ne tiens pas à le rencontrer.

Je me levai et sortis à son bras. Aussitôt dehors, je m'esclaffai :

— Eh bien, s'il est vrai que nous descendons du singe, il est assez évident que ce cher Dawson y remonte !

2

1908
Petite conversation
savante autour
d'une tasse de thé

Pour bien comprendre toute cette affaire
et savoir quel lourd secret je porte depuis plus
de quarante ans, il faut remonter quelques
années avant cette soirée mémorable qui, en
théorie, aurait dû être un des moments forts
d'une bonne plaisanterie mais qui ne fut,
hélas, qu'un des maillons d'un incroyable
imbroglio scientifique dont les conséquences
désastreuses allèrent bien au-delà de ce que
j'avais voulu.

Je m'appelle Mabel Kenward et, comme
j'étais une demoiselle un peu délurée, j'adorais
jouer des bons tours avec l'aide de mon ami
Pierre. Celui-ci était alors un jeune jésuite
français qui s'intéressait à la paléontologie. Il

allait plus tard devenir célèbre sous le nom de Pierre Teilhard de Chardin.

Pour l'heure, nous étions en 1908. La reine Victoria était morte depuis sept ans et son fils, Édouard, régnait maintenant sur l'Empire et sur quarante millions de sujets tous persuadés d'appartenir à une race supérieure bénie de Dieu dont la réussite était directement attribuable à ses hautes vertus morales.

J'habitais dans le Sussex, le «jardin de l'Angleterre», au sud du pays, au milieu de la riante campagne, à quelques milles seulement de Brighton, la reine des stations balnéaires. Pays de prairies et de vertes collines, coupé sur la côte par de vertigineuses falaises de craie d'un blanc immaculé. Plus précisément, je résidais à l'ouest d'Uckfield, à Barkham Manor, un joli manoir caché au milieu d'un parc planté d'arbres centenaires. Près de là, il y avait une ferme où on élevait des moutons et un chemin de gravier qui menait à la route de Newick, laquelle était si peu fréquentée que les oies se dérangeaient à peine quand une automobile pétaradante s'y aventurait.

Dans ce cadre bucolique, je menais une existence parfaitement paisible et respectable. Mon père était le métayer en chef du domaine et sa sœur Rebecca MacPherson, veuve d'un officier de l'armée des Indes, s'occupait de moi depuis la mort de maman. En fait, c'était elle qui gouvernait le manoir d'une main de fer et elle avait pris en charge mon éducation trop longtemps négligée. Autrement dit, ma chère tante, raide comme un manche de parapluie, avait décidé de faire de moi une vraie lady et une future petite fée du logis, c'est-à-dire un être soumis et irréprochable. Un être à mille lieues de ces rêveuses romantiques ou de ces féministes londoniennes qui osaient proclamer l'égalité des sexes quand ce n'était pas exiger à cor et à cris le droit de vote comme ces *enragées de suffragettes*[3] *avec à leur tête cette horrible miss Pankhurst.*

Ah ! Comme je la haïssais, cette tante si dévouée, si pesante, toujours vêtue de sa robe de soie noire au col de dentelle empesé qui la faisait ressembler à la défunte reine ! Dès son arrivée à Barkham Manor, la vie était devenue une interminable liste d'interdictions et de remontrances.

— *Mademoiselle ! Une jeune fille respectable ne se roule pas dans l'herbe. Elle ne rentre pas les bottines pleines de boue,*

---

3. Le mouvement pour le droit de vote des femmes se radicalisa en Grande-Bretagne en 1897 avec la National Union of Women's Suffrage Societies dont Millicent Garrett Fawcett était la présidente. Après 1900, il prit même un tour carrément violent avec l'activiste Emmeline Pankhurst. Les Anglaises obtinrent finalement en 1919 le droit de voter pour élire des députés au Parlement.

ne saute pas les clôtures à dos de poney. Elle ne dissèque pas les grenouilles, ne collectionne pas les insectes et ne se lève pas quand le manoir est endormi pour observer les étoiles en chemise de nuit. Certes, elle peut peindre à l'aquarelle en prenant pour modèles les cygnes du parc, mais elle ne doit pas pourchasser ceux-ci en les traitant de « sales bêtes » après s'être fait mordre un mollet. Une jeune fille comme il faut joue du piano ou de la harpe. Pas du cor de chasse pour réveiller la maisonnée. Elle s'amuse au croquet. Elle fait de jolies photos. À la rigueur, elle peut patiner en bonne compagnie ou s'adonner au tir à l'arc en visant sagement une cible de paille. Elle n'emprunte pas le fusil de chasse de son père pour tirer sur des bouteilles de whisky vides. Une vraie dame ne vide pas non plus les flûtes de champagne lorsque les invités ont quitté la table. Elle ne rote pas à cause des bulles et, surtout, elle n'éclate pas de rire quand les gens s'aperçoivent qu'elle est un peu pompette. Et les garçons ! Qu'est-ce que c'est que ces façons ! On ne flirte pas avec les valets d'écurie ! On ne demande pas non plus à ce pauvre Cyril Woodward de tenir l'échelle quand on monte dénicher sur le dernier rayon de la bibliothèque quelque volume réservé aux *adultes. Mabel, vous n'êtes qu'une tête de linotte, une enfant gâtée!*

Ma tante était convaincue qu'il me fallait une main paternelle plus ferme. Peut-être même quelques coups de badine sur le bas des reins… comme dans le bon vieux temps. Heureusement, père était trop occupé avec les fermiers. Il cédait aisément à tous mes caprices. Je n'avais qu'à m'asseoir sur ses genoux et à lui enlacer le cou en lui murmurant à l'oreille «mon petit papa chéri» et il oubliait aussitôt toutes *mes extravagances et mes effronteries.* Pire encore, au lieu d'exiger qu'on m'enseignât les «grâces sociales[4]» et les convenances, il n'hésitait pas à me parler latin et à discuter avec moi d'histoire, de sciences naturelles et de philosophie! Ma tante était indignée. Quelle folie de me mettre de telles idées dans la tête et d'encourager ainsi mon esprit de rébellion! Tout cela finirait par faire mon malheur. Le grand Tennyson avait pourtant parfaitement résumé dans des vers admirables la vraie place de la femme dans notre société:

---

4. Les *social graces* constituaient l'essentiel de l'éducation d'une jeune fille de bonne famille. Il s'agissait pour elle d'apprendre, auprès de sa gouvernante, tout ce qu'il fallait savoir afin de bien recevoir et de tenir une maison: cours de langues et de conversation, arts de la table, piano, chant, économie domestique, broderie, tricot plus un peu d'histoire et de géographie.

19

L'homme au champ de bataille
*   et la femme au foyer,*
L'homme est pour l'épée
*   et la femme pour l'aiguille,*
La femme avec son cœur
*   et l'homme pour penser,*
L'homme doit ordonner
*   et la femme obéir,*
Et tout le reste n'est que désordre !

Mon histoire commence un dimanche. Comme toujours, je m'ennuyais à mourir. L'église le matin. L'église l'après-midi. Pas le droit de rire. Pas le droit de chanter. Pas le droit de jouer du piano. Juste celui d'écouter le vicaire, monsieur Wilcox, nous lire des passages édifiants de la Sainte Bible. Et puis, à cinq heures, le thé en compagnie des mêmes éternels invités de ma tante.

Ce jour-là, tout en lisant j'étais ainsi en train de réfléchir aux « sages conseils » de ma tante quand celle-ci vint frapper à la porte de ma chambre.

— Mabel, c'est l'heure du thé ! Où es-tu ? Quelle sottise prépares-tu encore ?

Je lui ouvris.

— Ah, te voilà ! À quoi rêvassais-tu ?

Je refermai en soupirant le livre que j'avais commencé. Un livre passionnant qui parlait de créatures disparues, d'hommes sauvages vêtus de peaux de bêtes, d'énormes mammouths poilus à longues défenses recourbées et de lézards géants d'une incroyable férocité, capables d'avaler d'une seule bouchée une douzaine de tantes Rebecca.

Dans la véranda, assis sur des fauteuils d'osier, les familiers de ma tante étaient en grande discussion. Il y avait là, tenant sa tasse avec affectation, le vicaire Wilcox. Avec ses airs de chattemite, je trouvais qu'il ressemblait à un renard auquel on aurait confié la garde d'un poulailler. Je n'aimais pas la manière dont il me touchait le bras lorsque je lui servais le thé, ni son regard quand je portais une robe un peu décolletée. Aux côtés de M. Wilcox se tenait l'inévitable Charles Dawson, le *steward*[5] de la propriété, avoué et notaire de son état. Il habitait Lewes, près de Piltdown, où il possédait un cottage rempli de têtes empaillées d'antilopes, souvenirs de ses safaris africains. Un insupportable monsieur-je-sais-tout qui se piquait d'être un grand chercheur et rêvait de réaliser la découverte qui non seulement ferait de lui le membre le

_____

5. Le steward est une sorte de régisseur administrateur.

plus célèbre de la Société archéologique du Sussex, mais lui ouvrirait enfin les portes de la Société royale.

Il était justement en train de se vanter d'une de ses dernières trouvailles.

— Savez-vous, messieurs, que je pense publier bientôt une série d'articles qui ne passeront pas inaperçus, croyez-moi. Je viens de terminer celui sur mes expériences de croisement entre une carpe et un poisson rouge, et j'ai déjà rassemblé ce qu'il faut pour le serpent de mer…

— Le monstre du Loch Ness ? Vous êtes allé en Écosse ? s'étonna le vicaire.

— Non, non. Je ne vous ai pas raconté ? L'an passé en traversant le Channel, j'ai eu l'occasion d'observer longuement cette fabuleuse créature. Comme je vous vois…

Je ne pus m'empêcher d'intervenir.

— Et d'autres passagers l'ont-ils vu ? C'est drôle, les journaux n'en ont pas parlé. C'est comme votre cheval avec une ébauche de corne sur le front, comme une licorne, personne ne l'a revu, c'est vraiment dommage…

Aussitôt, bien entendu, tante Rebecca me fusilla du regard.

— Jeune fille, on ne coupe pas ainsi la parole aux grandes personnes. On se tait et on écoute. Allez donc nous préparer un peu de thé à la cuisine.

Quand je revins, le notaire avait prudemment changé de sujet et décrivait le plus sérieusement du monde un extraordinaire outil préhistorique qui devait faire l'objet de sa prochaine communication devant la Société. Un outil en forme de batte de cricket, ce qui démontrait, selon lui, que nos lointains ancêtres de l'âge de pierre pratiquaient déjà ce noble sport.

Je servis le thé et il me fallut un certain temps pour m'apercevoir que, pendant mon absence, un nouvel invité s'était joint au groupe.

— Bonjour, miss Kenward !

Je sursautai.

Il était jeune. Je remarquai qu'il portait un col romain. Un prêtre avec un accent français. L'homme avait une façon malicieuse de sourire qui, de prime abord, ne me déplut pas.

— Cher ami, encore un peu de thé ? susurra tante Rebecca en s'adressant à son nouvel hôte, qui déclina l'offre d'un geste de la main.

À voir les égards que ma tante avait pour lui, elle était de toute évidence très honorée de recevoir à sa table ce monsieur à qui elle tendit une assiette remplie de petits fours.

— Un petit gâteau sec, monsieur de Chardin ?

L'inconnu se servit largement et remercia, la bouche pleine :

— Dé-li-chieux !

Je m'assis dans un des fauteuils de rotin et, pendant que tante Rebecca continuait de minauder, j'observai avec curiosité ce jeune ecclésiastique.

C'est ma tante qui le présentat à tout le monde.

— Pierre est un disciple de Loyola. Il termine ses études de théologie au scolasticat d'Ore Place[6] tout près d'Hastings. Il revient d'Égypte et se passionne pour la paléo... la paléon... Comment dites-vous déjà ?

— La paléontologie, chère madame.

— Oui, c'est cela... Il nous a demandé très gentiment s'il pourrait faire des fouilles sur le domaine. Ce que mon frère, bien entendu, lui a accordé. Il s'intéresse en particulier au squelette d'une bête affreuse qu'on vient de déterrer tout près d'ici, à Hastings. Un igua... quelque chose.

Le jeune jésuite sourit tout en grignotant avec un plaisir non dissimulé les petits gâteaux dont il se resservit dès que l'assiette qui circulait autour de la table passa à sa portée.

---

6. Institution jésuite.

Tout en se régalant d'une gaufrette au chocolat, il précisa :

— Un iguanodon, chère madame. Un charmant animal qui mesurait dix mètres de long et pesait dans les quatre tonnes.

Tante Rebecca poussa un petit cri, horrifiée :

— Je ne peux pas croire qu'un tel monstre ait pu se promener sur les pelouses de notre propriété !

Pierre parut sur le point de s'étouffer et se mit à tousser en portant la main à sa bouche.

— Rassurez-vous, madame, ce dinosaure a disparu de la surface de la Terre au Crétacé, c'est-à-dire il y a cent dix millions d'années[7]. Vous ne risquez donc pas d'en voir un folâtrer dans votre parc pour y brouter vos massifs d'azalées et de rhododendrons. Hum !… succulents, ces petits gâteaux… Vous permettez ?

Décidément, ce jeune ecclésiastique était bien différent des autres. Au moins ne se prenait-il pas au sérieux. Bref, je le trouvai plutôt sympathique et brûlai d'envie de lui poser mille questions sur ces animaux fantastiques sortis du fond des âges. Hélas, le vicaire Wilcox me devança en s'indignant :

---

7. Tous les autres dinosaures disparurent au jurassique, il y a soixante-cinq millions d'années.

— Vous, un homme d'Église, croyez vraiment que de telles créatures ont existé?

— Absolument.

— Mais voyons, vous avez lu la Genèse. On n'y mentionne nulle part vos lézards géants et vous n'ignorez pas que, selon le Livre saint, le monde, que Dieu a créé, ne remonte pas à des millions d'années comme certains le laissent entendre.

— Ah bon! plaisanta Pierre, parce que vous connaissez l'année exacte de la Création?

— Bien entendu!

— Et en quelle année, s'il vous plaît, a eu lieu cet événement extraordinaire?

— En 3761 avant Jésus-Christ. C'est ce que nous disent les exégètes de la Bible. Plus précisément le 7 octobre d'après le calendrier grégorien. Et c'était, comme de raison, un lundi…

— Et je suppose que vous savez également l'heure précise!

Sentant que la conversation prenait un ton acrimonieux, tante Rebecca s'empara de la théière et proposa à la ronde:

— Encore une goutte de thé? Et vous, M. Dawson, que pensez-vous de tout cela?

Le notaire tendit sa tasse et sourit.

— Moi, madame, c'est l'homme qui m'intéresse. J'essaie d'imaginer à quoi ressemblait notre ancêtre Adam. Vous êtes au courant des théories à la mode ? Comme il est dit que le Créateur nous a faits à son image, je dois avouer que je suis un peu gêné à l'idée que Dieu ait une face de babouin.

Heureux de cet appui et sans trop comprendre qu'il s'agissait plus d'une plaisanterie que de l'expression d'une conviction profonde, M. Wilcox continua aussitôt :

— Mon cher ami, je suis ravi de constater que, vous aussi, vous n'accordez aucun crédit à cette idée ridicule qui court depuis une quarantaine d'années !

Dawson tint à rectifier :

— Ce n'est pas exactement ce que j'ai dit. Ce sont les preuves qui nous manquent. J'aimerais que l'on nous apporte enfin un squelette ou un bout d'os à l'appui de cette hypothèse qui scandalise encore tant de gens...

Tante Rebecca ne savait plus où donner de la tête et, décontenancée par cet échange qui dépassait de loin le niveau de ses connaissances, elle s'écria :

— Mais de quelle théorie parlez-vous ?

Je lui répondis :

— De celle qui prétend que l'homme descend du singe...

Tante Rebecca, qui venait d'avaler une gorgée de liquide chaud, faillit s'étouffer.

— Mabel! Je vous en prie, je vous défends de dire de telles stupidités devant nos invités.

— Elle a pourtant raison, dit le jeune prêtre.

Ma tante frissonna d'horreur.

— Quoi? Mon Dieu! Et qui a osé avancer une chose aussi choquante?

Je lui tendis une serviette pour essuyer le thé qui avait taché le haut de sa robe.

— Un Anglais, ma tante : Charles Darwin[8].

Tante Rebecca était si offusquée qu'elle dut se rafraîchir le visage en agitant frénétiquement son éventail avant de formuler son propre avis sur la question.

— L'homme descendre du singe! Eh bien! c'était peut-être le cas dans la famille de ce monsieur Darwin mais, moi, je peux vous assurer que mes aïeux étaient des Écossais, des highlanders, pure laine, et je vous garantis que je n'entretiens aucun lien de parenté avec ces horribles primates. Voyons, M. de Chardin, ne me dites pas que vous acceptez vous aussi de voir s'installer une famille de ouistitis ou de chimpanzés sur les branches de votre arbre généalogique?

Pierre, qui venait d'avaler le dernier gâteau sec restant dans l'assiette, approuva :

---

8. Son livre le plus connu, *De l'origine des espèces au moyen de la sélection naturelle*, parut en 1859.

— Vous avez raison, pas des ouistitis ni des chimpanzés... Mais plutôt un genre d'orang-outan ou de gorille. J'hésite encore... Du moins, c'est ce qu'il semble d'après les moulages des crânes fossiles que j'ai pu étudier jusqu'ici. Dans le cas du pithécanthrope de Java[9], pas de doute : il était plus singe que homme. Pour ce qui est de l'homme de Neandertal[10], il avait lui aussi des traits pas mal bestiaux. Par contre, pour Cro-Magnon[11], c'est moins sûr. S'il vivait encore, bien rasé, avec une cravate et un veston, vous l'inviteriez peut-être à prendre le thé en notre compagnie.

Je n'avais pas perdu un mot de cette discussion passionnante. L'attitude outrée de ma tante me réjouissait tant que je fus prise comme d'habitude d'un inextinguible fou rire, ce qui m'attira immédiatement un coup d'éventail sur les doigts en guise de réprimande.

— Voyons, un peu de tenue !

Je m'excusai et quittai la véranda un instant pour revenir avec un nouveau plateau rempli de sucreries que j'offris à chacun des invités en accompagnant mon service d'une

---

9. Découvert en 1891-1892.
10. Découvert en 1856 près de Düsseldorf.
11. Découvert en Dordogne près des Eyzies en 1868.

petite génuflexion plus effrontée que vraiment polie.

Pierre me remercia d'un clin d'œil et pendant qu'il dépliait la papillote de son bonbon à la menthe, il sembla se désintéresser de la conversation qui reprit de plus belle entre Dawson et le clergyman.

Je me tins à l'écart et les écoutai parler.

C'est le notaire qui avait pris la parole. L'air vexé d'avoir cessé un instant d'être le pôle d'attraction de la conversation, il entendait bien se rattraper.

— À vrai dire, que les Orientaux, les Allemands et les Français descendent du singe : cela ne m'étonnerait guère. Mais les Britanniques ! Proprement inconcevable ! D'ailleurs, jusqu'à présent, nous n'avons trouvé ici aucuns ossements fossiles qui nous placeraient au même rang que les autres. Cela m'amène à penser que lorsque nous déterrerons les reliques de l'ancêtre commun de tous les Anglais, celles-ci étonneront le monde et présenteront forcément les marques d'une espèce humaine supérieure…

Cette fois, tante Rebecca parut rassurée et elle approuva d'une série de hochements de tête en ajoutant :

— Et je suis sûre, mon cher Charles, que c'est vous-même qui un jour découvrirez les vestiges de ce parfait gentleman !

Dawson, flatté, étira sa moustache entre ses doigts et bomba le torse. Il en fit presque éclater les boutons de son gilet de tartan.

— Qui sait, madame MacPherson, qui sait ?

La paix était revenue. Tante Rebecca invita tout le monde à passer au salon et se tourna vers moi en me montrant le piano.

— Je sais que ce n'est pas très convenable un dimanche, mais jouez-nous donc quelque chose, Mabel. Vous voulez bien ?

J'ouvris donc l'instrument et commençai à pianoter en déchiffrant laborieusement la partition ouverte devant moi.

Le notaire me félicita.

— Admirable !

Le vicaire renchérit :

— Tout à fait charmant !

Tante Rebecca était aux anges.

Pierre, lui, resta muet. Il regardait le piano, intrigué.

— Je vous prie de m'excuser, chère madame, mais voulez-vous bien me dire pourquoi les pattes de votre Steinway[12] ont des chaussettes de laine ?

Mal à l'aise, Rebecca hésita avant de répondre :

---

12. Célèbre marque de pianos américains fabriqués aux États-Unis depuis 1853.

— C'est… C'est par simple décence.

Comme le jeune jésuite ne semblait pas comprendre, tout en continuant à massacrer joyeusement mon prélude de Chopin, je lui expliquai :

— Oui, ma tante trouve qu'elles ressemblent trop à des jambes nues…

Je ne pus aller plus loin, car rien qu'à entendre prononcer «jambes» et «nues», tante Rebecca bondit furieusement.

— Surveillez votre langage, jeune fille! Voyons, vous savez qu'il est interdit de prononcer certains mots dans cette maison! Allez tout de suite dans votre chambre!

3
Un odieux personnage

À partir de ce jour, Pierre et moi devînmes amis et nous le sommes restés.

Chaque dimanche nous avions l'habitude d'aller nous promener dans le parc pendant de longues heures. J'avais toujours plein de questions à lui poser. Sur le Caire où il avait enseigné la physique et la chimie. Sur les fossiles et les campagnes de fouilles auxquelles il avait participé. Je lui montrais des silex que j'avais trouvés dans les gravières des alentours. Il me conseillait des lectures et me parlait de ses projets de voyage en Orient. Je lui disais que, moi aussi, j'aimerais explorer le monde et que je trouvais bien triste d'être née dans un pays où l'éducation des filles se limitait à l'art de tenir maison et de servir le thé avec grâce.

Bien entendu, nos rencontres hebdomadaires n'avaient pas toujours un caractère aussi sérieux car, au fil des confidences, nous nous découvrîmes un goût commun pour un sport que nous élevâmes bientôt au rang de grand art : celui de jouer des tours aux dépens des visiteurs réguliers de Barkham Manor. Une de nos têtes de Turc favorites était évidemment le gros Charles Dawson, ce « Pécuchet[13] à la sauce anglaise », comme Pierre se plaisait à l'appeler.

Il faut dire qu'il était difficile d'éprouver quelque sympathie que ce soit pour ce personnage. Chaque fois qu'il était invité au manoir, il nous assénait ses vérités sur tout et rien. Je le vois encore se caler bien au fond de son fauteuil, prendre un air important et nous souffler la fumée de son cigare au visage avant de nous sortir un de ses jugements abrupts dont il avait le secret.

Ce qu'il pensait des gens instruits, des intellectuels et des diplômés universitaires ?

« Rien que des rats de bibliothèques et des ânes coiffés de mortiers. »

Comment devait-on éduquer les jeunes filles de nos jours ?

---

13. Pécuchet est le nom d'un personnage d'un roman de Gustave Flaubert où l'auteur se moque des faux savants qui se piquent de tout connaître sur toutes sortes de sujets scientifiques.

« Moi, quand je rentre de mon étude, ma femme m'apporte mon journal, mes pantoufles et mon verre de whisky. Qu'elle sache surveiller les domestiques et cuire le rosbif juste à point, c'est tout ce que je lui demande. »

Son opinion sur les politiciens ?

« Ils portent bien leur nom : de polis petits chiens… »

Son livre préféré ?

« L'horaire des chemins de fer. »

Son rêve ?

« Être décoré par Sa Majesté pour services rendus à l'Angleterre. »

Que pensait-il du golf ?

« Excellente idée d'en avoir fait un sport réservé exclusivement aux gentlemen[14]… »

Et de la France ?

« On pourrait y survivre quelques semaines, si elle n'était pas, hélas, habitée par les Français. Des gens qui mangent des cuisses de grenouilles et des escargots… Quelle horreur ! »

Il se trouvait très drôle et pouvait ainsi parler des heures et des heures…

---

14. À l'origine le golf était interdit aux femmes. Le mot GOLF est d'ailleurs un acronyme formé sur la phrase affichée à la porte des clubs : *Gentlemen Only, Ladies Forbidden.*

Conséquemment, se moquer de lui n'était pas un crime mais presque une obligation morale.

Nous commençâmes donc par de petites farces anodines. Un jour, par exemple, Pierre et moi fîmes le tour des villages aux environs d'Hastings pour photographier de mignonnes fillettes blondes que nous habillâmes de robes blanches et affublâmes de petites ailes transparentes. Puis Pierre trafiqua les négatifs et, par surimpression fabriqua de jolies photos où les petites créatures semblaient voleter parmi les arbres du manoir. Nous montrâmes les clichés à ce lourdaud de Dawson et celui-ci tomba immédiatement dans le panneau :

— Mais, mais on dirait…

Nous hochâmes la tête avec le plus grand sérieux.

— Vous avez réussi à photographier des fées ! J'avais déjà vu de telles photos, mais je n'y avais pas cru[15]. Vous êtes sûrs qu'elles sont authentiques ?

Nous hochâmes de nouveau la tête en faisant tous nos efforts pour ne pas rigoler.

Pierre lui expliqua :

---

15. Ce genre de photos truquées fut très populaire à l'époque victorienne où l'on produisit également par montage de fausses photographies de spectres, d'ectoplasmes, etc.

— C'est Mabel qui voulait surprendre les animaux qui circulent la nuit, alors nous avons installé un appareil à déclenchement automatique et en développant le négatif, voilà… surprise ! Incroyable, n'est-ce pas ?

— Fabuleux, voulez-vous dire ! Vous permettez que je les garde ? Et si j'écrivais un article à ce sujet dans le bulletin de la société archéologique, vous n'auriez rien contre ?

— Faites, mon ami. Ne vous gênez pas. Elles sont à vous, lui répondit Pierre avec un sang-froid admirable, pendant qu'incapable de me retenir plus longtemps je m'excusai et m'enfuis en prétextant un léger malaise.

Nous aurions pu en rester là, mais ce cher notaire bouffi de prétention avait si bien avalé la couleuvre une première fois que nous ne pûmes résister à la tentation de recommencer.

Au début, j'eus bien quelques remords.

— C'est peut-être un peu méchant de se moquer ainsi de ce pauvre homme ?

Mais Pierre me rassura :

— Mabel, n'oubliez pas ceci : se payer la tête des imbéciles est une jouissance dont on ne doit pas se priver.

Combien de tours nous lui jouâmes au cours de cet été-là, avant l'affaire fatidique du crâne fossile ? Je serais bien incapable d'en faire le décompte.

Je me souviens, par contre, que nous allions un peu plus loin de fois en fois et prenions toujours davantage de risques. Le défi était de savoir jusqu'où nous pourrions repousser les limites de la sottise de notre cher notaire.

Or celui-ci gobait tout. Nous lui racontâmes qu'un astronome avait observé des lunautes et il affirma avoir vu, lui aussi, une de ces créatures au bout de son télescope. Nous l'informâmes qu'un Américain collectionneur de curiosités venait de vendre à grand prix les restes d'une sirène momifiée provenant d'un bazar de Bangkok et une truite à fourrure empaillée, pêchée dans les eaux glacées d'un lac canadien. Il se montra vivement intéressé et nous apprit à son tour qu'il avait lu dans le *Times* qu'un zoologiste suédois, le 1er avril dernier, avait fait également la découverte d'un animal extraordinaire. Un skvader. Une sorte de lièvre à ailes et à queue de grand tétras qu'il avait baptisé *Tetrao lepsus pseudo-hybridus rarissimus*.

Tant de naïveté alliée à tant de bêtise auraient dû normalement nous détourner de notre souffre-douleur. Cependant, il faisait preuve d'une telle suffisance et semblait si impossible à désarçonner tant il était convaincu d'être l'homme le plus savant du monde, que nous ne pouvions résister à l'envie de le démasquer une fois pour toutes en étalant son ignorance aux yeux du grand public.

Pierre en faisait même une véritable obsession et je l'aidais de mon mieux en lui proposant de monter les canulars les plus fous. Aucun ne lui semblait assez explosif.

Un après-midi, il m'invita à marcher le long de la rivière et s'arrêta à plusieurs reprises pour observer les couches géologiques au sein desquelles le cours d'eau avait creusé son lit. Il ne dit rien et sembla réfléchir. Puis sur le chemin du manoir, il me prit le bras.

— Il veut devenir célèbre ! Eh bien, il va le devenir… mais pas comme il le pensait.

— Vous avez trouvé une idée ! m'exclamai-je.

Il eut un moment d'hésitation.

— Oui, seulement c'est quelque chose de gros. Quelque chose de si énorme que j'hésite à vous embarquer dans une histoire pareille.

J'eus un mouvement d'humeur.

— Je ne suis plus une enfant. Faites-moi confiance. Dites-moi de quoi il s'agit. Pierre, soyez gentil…

Il continua un long moment à me faire languir et murmura comme s'il se parlait à lui-même :

— Évidemment, si mon plan réussit, le bonhomme se noiera à tout jamais dans le ridicule…

Brûlant de curiosité, je sautillais d'impatience.

— Dites… Dites…

Il me sourit et me prit par les épaules.

— C'est d'accord mais, jeune demoiselle, il faudra que vous attendiez la semaine prochaine. Je dois d'abord aller à Londres où j'ai quelques bons amis qui nous aideront à réunir les objets indispensables.

Il m'en avait dit trop et pas assez à la fois. Je le suppliai :

— Emmenez-moi avec vous !

Il essaya de me raisonner :

— Vous savez bien que votre tante ne voudra jamais.

— Elle, non. Mais je réussirai facilement à convaincre mon père… Vous verrez !

Une heure plus tard, je revins effectivement, triomphante.

— Il est d'accord. Nous logerons chez M. Maryon-Wilson, le propriétaire du manoir. Il habite Chelsea. J'ai dit à père que vous vous proposiez de me faire visiter la cathédrale Saint-Paul et le British Museum. Il a hésité, puis a fini par accepter… à une condition.

— Laquelle ?

Je fis la moue.

— Il tient à ce que tante Rebecca nous accompagne… pour que ce soit plus convenable.

4

Un voyage
mouvementé

Dans le train qui nous menait vers la capitale, j'étais tout excitée. Londres! Quelle aventure pour moi qui n'avais jamais été plus loin que Douvres et l'île de Wight!

Sur la banquette d'en face, Pierre lisait. De temps en temps, il levait les yeux et échangeait avec moi un sourire entendu. Tante Rebecca, elle, coiffée d'un impossible chapeau décoré de plumes d'oiseaux et enveloppée dans son plaid, se plaignait sans arrêt, un mouchoir parfumé devant le nez.

— Quelle odeur épouvantable! Mabel, je vous en prie, fermez la fenêtre. La fumée nous empeste. Ne vous penchez pas dehors: vous risquez de recevoir une escarbille dans l'œil!

Sifflant et crachant son dernier panache de fumée blanche, la locomotive à vapeur fit bientôt son entrée sous la verrière de la gare Victoria. Quelle cohue ! Tante Rebecca, au bord de la crise de nerfs, brandissait son parapluie au-dessus de sa tête pour s'ouvrir un passage dans la foule qui encombrait les quais et la salle des pas perdus.

— Laissez-nous passer, voyons… Mais quelle bande de malappris !

Nous finîmes par trouver un fiacre.

Tante Rebecca, fatiguée, s'affala de tout son poids sur le siège mal rembourré de la voiture.

— 10, Old Church Street, s'il vous plaît ! Je suis rompue. Quelle folie, ce voyage ! Cette ville est un enfer.

Je ne l'écoutais pas. Le visage collé à la vitre, je m'enivrais d'images colorées. Dans chaque rue un nouveau spectacle m'arrachait des exclamations de surprise. Les omnibus à étages tirés par des chevaux. Les *policemen* qui déambulaient sur les trottoirs. Les marchandes de fleurs. Les petits ramoneurs au visage barbouillé de suie. Les vieilles dames qui nourrissaient les pigeons, assises sur les marches des églises. Et puis, au loin, dans la lumière dorée, les tours de l'abbaye de Westminster.

— Regardez, ma tante ! Regardez !

Les Maryon-Wilson nous accueillirent avec une courtoisie exemplaire qui, du moins pour un temps, réconcilia ma tante avec les Londoniens. De ma chambre, on apercevait un square bordé de maisons blanches à portiques doriques. Un allumeur de réverbères était à l'ouvrage. Des couples bras dessus, bras dessous passaient en riant. Je me sentais infiniment loin de Barkham Manor et j'avais l'impression de respirer un air si riche que j'avais envie de chanter mon bonheur.

Une courte nuit de sommeil et, dès l'aube, j'étais debout. Je pris à peine le temps d'avaler une tasse de thé et de mordre dans un *toast* tartiné de marmelade. J'étais prête à sortir, trépignant d'impatience. Je voulais tout voir : la Tamise, le Tower Bridge, Big Ben, Buckingham Palace…

Pierre, qui connaissait la ville comme s'il y était né, se montra un guide parfait. Mais au bout de quelques heures de marche, ma tante manifesta des signes d'épuisement.

— Pierre, donnez-moi le bras. Je n'en peux plus. Mabel ! Mabel, attendez-nous ! Cette enfant me tuera !

Nous arrivâmes au beau milieu de Hyde Park. Pierre avisa un banc au bord de l'eau. Il offrit à la vieille dame de se reposer. Celle-ci, essoufflée, accepta avec reconnaissance.

Le jeune Français lui proposa :

— Nous pouvons prendre le métro si vous voulez…

— Le *tube*[16]! Vous n'y pensez pas. J'étouffe déjà assez. Non, non, continuez seuls. Vous me reprendrez ici en fin d'après-midi. Vous allez au British Museum, n'est-ce pas?

Je contins ma joie et affectai hypocritement d'être navrée :

— Oh! Comme c'est dommage, ma tante! Vous ne verrez pas les marbres d'Elgin! Vous savez, nous pouvons passer la journée dans ce parc… Nous louerons une barque et nous nourrirons les canards.

Rassurée par tant de prévenance à son égard, tante Rebecca réitéra son ordre.

— Non, allez-y seuls! Je suis à l'ombre. Je serai très bien sur ce banc.

Dès que nous fûmes débarrassés de ma chère tante Rebecca, nous montâmes dans un taxi et Pierre donna au chauffeur une adresse qui m'était inconnue.

Au bout d'un moment, je lui fis remarquer :

---

16. Surnom du métro londonien à cause de ses tunnels de diamètre étroit. C'est le plus ancien du monde (1863).

— Il me semble que ce n'est pas le chemin du musée…

Il me rabroua gentiment.

— Je vous rappelle, miss Kenward, que nous ne sommes pas ici uniquement pour faire du tourisme. Une «affaire» autrement importante nous attend. Une «affaire» qui restera un secret entre nous. Vous le jurez?

— Je le jure.

La voiture traversa le fleuve et se perdit dans un dédale de rues au sein duquel Pierre semblait le seul à se reconnaître.

— Prenez à droite, puis la deuxième à votre gauche. Vous nous laisserez au prochain coin de rue…

Pierre m'ouvrit la portière.

Je restai saisie.

— Vous êtes bien sûr que c'est là? m'inquiétai-je en regardant l'immeuble décrépit devant lequel nous venions de nous arrêter. Cette ruelle est si sombre qu'on pourrait croire que Jack l'Éventreur y a habité. Vous ne trouvez pas?

Pierre sortit un papier de la poche de sa veste.

— C'est pourtant la bonne adresse. Au deuxième étage… Vous avez peur?

Pour lui montrer qu'il n'en était rien, je pris les devants et poussai moi-même le lourd portail qui donnait sur une entrée voûtée complètement plongée dans le noir. Nous dûmes tâtonner à l'aveuglette avant de trouver la minuterie. Puis, tels deux conspirateurs nous nous engageâmes dans une cage d'escalier dont les marches craquaient de façon sinistre. La lumière s'éteignit brusquement au moment où nous atteignîmes le bon palier. Pierre dut allumer son briquet pour lire les plaques de laiton sur lesquelles étaient inscrits les noms des locataires.

— *Docteur Jessie Fowler, phrénologue*[17]. Nous y sommes !

Il sonna.

Une femme encore jeune, la cigarette au bord des lèvres et un chat dans les bras, entrouvrit la porte. À la vue de Pierre, elle remonta ses lunettes sur son nez et aussitôt son visage s'éclaira.

— Bonjour ! Comment vas-tu ? s'écriat-elle avec un fort accent américain. J'ai reçu ton mot. Je t'attendais. Entre ! Entre ! Dismoi, qui est cette charmante jeune fille ?

Pierre me présenta :

— Miss Mabel Kenward, mon acolyte dans la petite plaisanterie dont je t'ai parlé…

---

17. Spécialiste de la forme des crânes. Autrefois les phrénologues associaient à celle-ci des profils psychologiques et des aptitudes particulières.

À l'invitation de notre hôtesse nous pénétrâmes dans une vaste antichambre dont les rideaux étaient tirés.

Curieuse, je jetai un coup d'œil autour de moi.

Un cri m'échappa. Sur les étagères et partout dans la pièce étaient alignées des centaines de têtes de morts grimaçantes. Je frissonnai d'effroi. Laissant tomber son chat, la propriétaire des lieux s'approcha de moi et m'entoura les épaules d'un geste protecteur.

— N'aie pas peur... Les vieux os, c'est mon métier.

Puis elle se tourna vers Pierre et lui montra le manteau de la cheminée sur lequel était posée une boîte à chapeau.

— Regarde si celui-ci te convient. C'est ce que j'ai trouvé de mieux. Un beau spécimen. Très rare. Il provient d'un cimetière du Somerset.

Pierre ouvrit la boîte et en sortit un vieux crâne verdi qu'il examina avec soin.

— Exactement ce que tu voulais, poursuivit l'étrange femme. Mille soixante-dix centimètres cubes, donc très proche du volume crânien actuel. Mais regarde l'épaisseur de la calotte, presque un demi-pouce par endroits. Une ossification excessive due à la maladie. Rachitisme précoce sans doute... Qu'en penses-tu ?

— Quel âge a-t-il ?

— Difficile à dire. Il doit remonter au Moyen Âge. Autour de l'an mille…

— Merveilleux ! Un peu maquillé, il fera parfaitement l'affaire. Je t'adore !

— Moi aussi, tu sais, et si tu n'avais pas eu cette drôle d'idée d'enfiler la soutane… Enfin que veux-tu… Je rentre bientôt aux États-Unis. Tu viendras me voir à New York ?

— Promis.

Pierre embrassa son amie trois fois sur les deux joues, comme le veut la coutume française. Quant à moi, tout en caressant le chat qui se frottait à mes jambes, je tendis la main au docteur Fowler qui, avec un naturel très nord-américain, préféra me serrer dans ses bras.

— L'invitation est aussi valable pour toi. Et là-bas, sur le campus où j'enseigne, j'ai au moins une douzaine de chats !

Je m'inclinai, gênée et séduite à la fois.

J'imaginai ce que tante Rebecca aurait dit : *Ces coloniaux, quel sans-gêne !* Mais dans mon for intérieur, je ne pouvais m'empêcher d'éprouver une sorte de fascination pour cette femme libérée. Enseigner à l'université, tutoyer les gens, parler d'égal à égal avec les hommes. Tout ce qui à mes yeux n'était qu'un impossible rêve ou une trop audacieuse entorse aux conventions sociales semblait si naturel chez elle !

Miss Fowler nous reconduisit jusqu'à l'entrée de la ruelle. Elle nous fit un signe de la main avant de nous quitter.

— Pierre, tu me tiendras au courant, n'est-ce pas ? Quel magnifique canular !

Nous marchâmes côte à côte quelques minutes. J'étais un peu fâchée contre Pierre et je ne desserrais pas les dents.

Il le remarqua.

— Qu'y a-t-il ?

— Il y a que vous avez exposé votre plan à cette dame alors que moi je ne suis toujours au courant de rien. Il serait peut-être temps de me dire à quoi va nous servir ce vieux crâne ?

Il reconnut qu'il me devait une explication.

— Eh bien, nous allons inventer rien de moins qu'un homme préhistorique. Celui que tout le monde rêve de découvrir : moitié homme, moitié singe. Le fameux chaînon manquant. Nous ferons en sorte que cet impayable Dawson le mette au jour « par hasard ».

— Et ensuite ?

— Nous verrons bien si ce gros malin parvient à découvrir l'imposture et nous verrons également combien d'autres faux savants comme lui se laisseront prendre avant que la bombe n'éclate! Par contre, il nous manque un élément important. Nous avons le crâne, il nous faut une mâchoire qui complétera l'ensemble et sèmera la confusion. Je crois savoir où en trouver une qui fera l'affaire.

Le scénario me parut excellent, mais je me permis tout de même d'émettre certaines réserves.

— Vous avez raison. Cela a de bonnes chances d'être très drôle. J'aime l'idée de laisser ce monsieur Dawson faire lui-même le singe savant. Cependant il ne sera pas facile de transformer ces vieux os en fossiles présentables.

Il me rassura.

— Ne vous en faites pas, ce n'est pas si difficile. Je vous montrerai mes talents de faussaire. Ah! Voilà un taxi… Taxi! Taxi!

— Où allons-nous maintenant?

— Sur King Street. Il y a pas mal d'antiquaires.

Il nous fallut visiter au moins une demi-douzaine de magasins avant de trouver enfin ce que nous cherchions. À première vue, celui qui possédait la perle rare ressemblait aux autres. Il offrait un incroyable bric-à-brac de meubles poussiéreux, d'armures rouillées, de masques africains et de bibelots de toutes sortes.

L'antiquaire s'informa :

— Vous cherchez quelque chose de particulier ?

Pierre lui répondit :

— Oui, un genre de trophée de chasse…

— J'ai une belle défense d'éléphant… un ours polaire monté en descente de lit… une peau de zèbre…

— Vous n'auriez pas une tête d'orang-outan ?

— D'ORANG-OUTAN ! *My Lord*… Je ne sais pas. Attendez… J'ai quelque part un lot d'articles qui viennent de Bornéo. Une dame me les a apportés. Son mari était explorateur. Il a vécu chez les Dayaks, une tribu de coupeurs de têtes…

Le marchand disparut un instant dans son arrière-boutique et j'en profitai pour coiffer de vieux chapeaux et pincer les cordes d'une harpe ancienne.

Pierre me prévint :

— Attention, le voilà qui revient !

Effectivement, le boutiquier réapparut bientôt avec entre les mains le chef d'un grand singe auquel étaient encore accrochées quelques touffes de poils roux.

— Vous avez vraiment de la chance ! C'est un article pas mal rare. Pour ces sauvages, ces têtes représentent des espèces de divinités protectrices. Ils les suspendent au plafond de leurs cases sur pilotis et se les transmettent de génération en génération. C'est la fumée de leur foyer qui donne au crâne cette couleur brun acajou. Celui-là pourrait avoir des centaines d'années…

Pierre l'interrompit :

— Combien ?

— Deux livres.

— Très bien. Je le prends. Emballez-le-moi.

— C'est pour un cadeau ? demanda l'antiquaire avec sur le visage une expression un peu narquoise.

Pierre esquissa un sourire et, pour intriguer davantage le commerçant, il se tourna vers moi.

— Oui, c'est pour elle !!!

Dès que nous fûmes dehors, j'éclatai de rire tout en protestant pour la forme :

— Vraiment, vous exagérez !

Il me fit un clin d'œil.

— Mission accomplie. Il est grand temps d'aller rejoindre votre tante avant qu'elle ne s'enracine sur les bords de la Serpentine[18].

---

18. Nom de la principale pièce d'eau qui serpente dans Hyde Park.

Nous ne savions pas quel terrible drame nous attendait.

Quand nous arrivâmes aux abords de Marble Arch, un attroupement considérable nous empêcha d'aller plus loin.

Je notai un détail curieux. La manifestation semblait entièrement composée de femmes qui brandissaient des pancartes et des banderoles sur lesquelles étaient inscrits des slogans en lettres rouges :

LE DROIT DE VOTE
POUR LES FEMMES !

HOMMES ET FEMMES,
NOUS SOMMES TOUS ÉGAUX.

Montée sur le socle d'une statue et armée d'un porte-voix, une oratrice tenait un discours enflammé :

— Pourquoi nous refuse-t-on l'égalité des droits avec les hommes ? Sommes-nous inférieures à eux ? Sommes-nous moins intelligentes ? Voyons ! Nombre d'entre nous sont déjà plus instruites que ceux qui nous représentent au Parlement, et dites-vous bien que s'il fallait retenir la profondeur d'esprit comme critère pour accorder le droit de vote à chacun, la plupart des hommes que je connais en seraient immédiatement privés !

Des éclats de rire fusèrent çà et là.

— Non, mesdames, il est temps de reprendre le flambeau de Mary Wollstonecraft[19] et d'Olympe de Gouges[20] pour revendiquer haut et fort le plein exercice de nos droits politiques de citoyennes. N'est-il pas incroyable, alors que nos sœurs de Nouvelle-Zélande votent déjà depuis plus de quinze ans, que nous en soyons encore à essayer de faire entendre notre voix aux sourds qui nous gouvernent ?

Je me penchai à l'oreille de mon compagnon.

— Qui sont ces femmes ?

— Des suffragettes. Celle qui vient de parler est sans doute la féministe Emmeline

19. Mary Wollstonecraft (1759-1797), célèbre féministe anglaise. Institutrice, elle épousa la cause de la Révolution française et publia, en 1792, sa *Défense des droits de la femme* où elle dénonçait à la fois le sort des femmes pauvres condamnées à se prostituer ou à travailler pour un salaire de misère et celui des filles issues de la bourgeoisie, privées volontairement d'éducation et réduites à se chercher un bon parti pour trouver leur place dans la société.

20. Olympe de Gouges (1748-1793). Après une vie assez libertine, cette polémiste et femme de lettres milita pendant la Révolution française pour les droits civils et politiques de la femme ainsi que pour la libération des esclaves noirs des colonies. Auteure d'une fameuse *Déclaration des droits de la femme et de la citoyenne*, elle revendiquait l'égalité des sexes, la création de maternités, l'instauration du divorce et l'abolition du mariage remplacé par un contrat annuel renouvelable. Amie des girondins (un groupe politique révolutionnaire), elle fut guillotinée comme eux pendant la Terreur.

Pankhurst que votre tante Rebecca apprécie tant, ironisa Pierre.

Des ovations nourries accueillirent la fin du discours et moi-même, enthousiasmée, je me mis aussi à applaudir à tout rompre.

— Bravo! Elle a raison. Bravo!

Une autre femme prit alors la parole. Elle tint également des propos incendiaires.

Subjuguée par ces voix de femmes en révolte qui me touchaient jusqu'au plus profond de mon cœur, je ne voyais pas le temps filer. C'est Pierre qui me ramena à la réalité.

Mais où était donc passée tante Rebecca? Le banc où nous l'avions laissée était pourtant tout près…

Pierre, les bras chargés, se haussa sur la pointe des pieds.

— Je ne la vois pas.

Au même instant, un cri s'éleva, provoquant un début de panique.

— La police! Sauve qui peut!

Je me retournai et aperçus une douzaine de policiers à cheval qui, matraque levée, commençaient à charger les manifestantes. Plusieurs s'écroulèrent et furent piétinées sans pitié. Des militantes essayèrent bien de résister à l'assaut en frappant les assaillants à coups d'ombrelles ou en leur jetant des cailloux. Trop inégale, la lutte était perdue d'avance. J'avais les larmes aux yeux et je criais:

— Bande de brutes ! Vous n'avez pas honte !

Pierre me tira à l'abri.

Peu à peu, le parc se vida. Le sol était jonché de bannières et de cartons abandonnés. Au milieu des débris, plusieurs blessées se relevaient avec l'aide de leurs consœurs et, la tête ensanglantée, leurs robes déchirées, quittaient le champ de bataille en claudiquant.

Pierre, qui m'avait entraînée de force derrière un kiosque à musique, s'écria :

— Je vois votre tante ! Elle est là-bas !

Je la distinguai à mon tour. Elle était entourée de deux *bobbies* qui s'efforçaient de la maîtriser, et elle se défendait vaillamment en frappant ces derniers à l'aide de son parapluie.

— Lâchez-moi, sales butors ! hurlait-elle. Je n'ai rien à voir avec ces écervelées et ces hystériques !

Je me précipitai à son secours pendant que Pierre tentait de parlementer avec les représentants des forces de l'ordre.

Finalement, les policiers acceptèrent de relâcher leur proie.

Le chapeau de travers, tante Rebecca était furieuse. Elle prit le bras de Pierre.

— De ma vie, je ne remettrai les pieds dans cette ville ! Nous rentrons sur-le-champ. Quelle époque ! Mon Dieu ! Quelle époque !

5
Un plan parfait

Des semaines s'écoulèrent sans que Pierre Teilhard de Chardin réapparaisse au manoir. Je me désespérais. Avait-il renoncé à notre beau projet de faire éclater au grand jour la bêtise de cette grosse baudruche de Dawson ?

Et puis, au début du printemps, je reçus une lettre de mon jeune jésuite préféré.

Hastings, 23 mars 1912

Ma chère Mabel,

Tout est prêt. Rendez-vous samedi prochain dès l'aube à Piltdown. Je vous ai dessiné une carte avec une croix indiquant une allée boisée menant aux communs du manoir à trois milles environ du château d'Uckfield. Enfilez des bottes, car l'endroit est marécageux et souvent inondé quand il pleut. Vous ne pouvez pas manquer l'emplacement. Les cantonniers y ont creusé une tranchée dont ils extraient du gravier pour l'entretien des routes. Munissez-vous aussi d'une pelle...

À très bientôt. Et surtout motus et bouche cousue!

Pierre

Inutile de dire que je me mourus d'impatience le reste de la semaine et qu'au jour dit, je fus prête dès les petites heures.

La veille, j'avais trouvé l'outil nécessaire dans la cabane du jardin et je l'avais caché sous mon lit.

Je sortis de ma chambre sur la pointe des pieds. Papa et tante Rebecca ronflaient encore. Tout allait à merveille. Je risquai un œil par la fenêtre du salon. Quel hasard heureux! Un brouillard épais enveloppait le parc. Je ne risquais donc pas d'être vue par les fermiers qui étaient déjà levés. Mon cœur battait très fort, mais la peur qui m'habitait était plus excitante que désagréable.

À vrai dire, la chance semblait me sourire. Personne ne m'avait entendue ouvrir la porte du manoir, laquelle avait pourtant la fâcheuse habitude de grincer abominablement. Tobby le chien de garde, lui, m'avait vue. Il était sorti de sa niche en agitant la queue, mais une caresse affectueuse sur le museau avait suffi pour acheter son silence. L'allée n'était plus très loin. C'était gagné!

Hélas! Je m'étais réjouie un peu trop vite. Alors que je passais devant un des bâtiments de ferme couvert de chaume, une oie dressa le col et se mit à cacarder à tue-tête.

Je me hâtai. La bête se calma. Ouf!

J'avais presque atteint le lieu du rendez-vous quand j'eus l'impression désagréable que quelqu'un m'avait emboîté le pas. Je me retournai. Surprise. L'oie était encore là qui agitait ses ailes et avançait en se dandinant. Je tentai de la chasser à grands gestes. Je la menaçai de ma pelle.

— Allez, va-t'en ou je te transforme en confit.

Rien à faire. De guerre lasse, je me remis en route avec la grosse oie qui continua à me suivre six pieds en arrière.

Au milieu de l'allée, à demi noyée dans la brume, je distinguai bientôt la silhouette de Pierre qui m'attendait, une pioche à la main et une manne à ses pieds.

Je l'embrassai, un peu penaude. Je savais ce qu'il allait me dire et m'excusai d'avance à propos de l'encombrante présence du volatile qui m'accompagnait.

— Je n'y peux rien, elle ne me lâche pas…

Philosophe, Pierre haussa les épaules.

— Après tout, ce n'est pas plus mal. On dit que les oies sont d'excellentes gardiennes.

Si quelqu'un se pointe, elle donnera l'alarme. Allons, mettons-nous à l'ouvrage. Il n'y a pas une minute à perdre...

Pierre fouilla dans son panier et en retira plusieurs fragments de crâne rougeâtres et une mandibule incomplète de la même couleur.

— Je vous présente notre homme... L'HOMME DE PILTDOWN! Je lui ai coloré la mâchoire à l'aide de bichromate de potassium. Pas mal, hein? Je lui ai aussi brisé les condyles pour brouiller les pistes[21]. Quant aux molaires, je les ai soigneusement limées. On dirait vraiment d'authentiques fossiles et je suis sûr que notre bonhomme n'y verra que du feu. Nous enterrerons l'occiput ici... Vous, vous allez creuser là-bas pour enfouir la mâchoire... Non, pas si loin... Oui, juste ici! Ce sera parfait.

Pendant une bonne heure, nous remuâmes la terre grasse sous l'œil vigilant de l'oie qui montait la garde en pataugeant à pas mesurés dans la boue.

Puis Pierre se redressa. Il s'épongea le front et sortit de sa poche ce qui ressemblait à une poignée de caillasse. Il s'agissait en fait de restes authentiques d'animaux fossilisés

---

21. Les condyles permettent de voir comment la mâchoire s'articule au reste du crâne. Ils sont indispensables pour associer la bonne mandibule au bon crâne.

destinés à «enrichir» le gisement et à mieux tromper certains spécialistes peu attentifs qui les utiliseraient probablement pour attester de l'ancienneté de la couche sédimentaire.

Il me les montra un à un avant de les ensevelir.

— Celui-ci est une dent d'hippopotame. Ceux-là proviennent d'un éléphant primitif, d'un mastodonte et d'un cheval. Ça, c'est un morceau de bois de cerf et ça, une dent de castor. Je les ai vieillis eux aussi au sulfate de fer. Il n'y a plus qu'à les mêler aux restes humains en ajoutant pour finir ces quelques silex grossiers et le tour sera joué.

Je l'aidai à égaliser le terrain et à effacer la trace de nos bottes. Rien ne semblait trahir notre passage sur le site, si ce n'était de l'oie qui refusait de déguerpir et dressait le col en battant des ailes dès que nous faisions mine de vouloir la chasser.

— Vraiment, quelle sale bête!

Finalement nous abandonnâmes la partie en nous disant que l'irascible palmipède en viendrait bien à quitter les lieux de lui-même.

Plusieurs semaines s'écoulèrent. J'en profitai pour lire tout ce que la bibliothèque de papa contenait d'ouvrages sur la préhistoire et la paléontologie. Bientôt, plus rien du vocabulaire de ces deux sciences ne me fut étranger. Je me récitais par cœur la liste des périodes préhistoriques : magdalénien, solu-tréen, périgordien, aurignacien, moustérien, acheuléen[22]… Je me montais, avec l'aide de Pierre, une collection d'outils anciens en apprenant à distinguer les nucléus des éclats, les perçoirs des racloirs. Je dessinais avec lui des arbres généalogiques où j'essayais en vain de replacer les véritables ancêtres de l'homme avec leurs noms si bizarres : *homo sapiens, homo habilis, homo erectus.* Des noms qui ne manquaient pas de faire sourciller tante Rebecca dès que je les prononçais à voix haute.

Mais toute cette intense activité cachait mal ma déception. En effet, chaque dimanche, Pierre et moi invitions ce cher Dawson à se joindre à nous pour faire une promenade en empruntant l'allée longeant la gravière. Or, nous avions beau lui vanter discrètement les possibilités archéologiques du site devant lequel nous passions et repassions ainsi qu'in-sister lourdement sur la nécessité de fouiller un endroit aussi prometteur, notre notaire, sourd et aveugle, ne mordait toujours pas à l'hameçon. Il opinait du bonnet. Il trouvait la suggestion excellente mais passait son chemin

---

22. Ces périodes correspondent à 15 000 ans, 20 000, 30 000, 40 000, 45 000, et 75 000 à 150 000 ans avant Jésus-Christ.

en s'empressant de revenir à son sujet de discussion préféré : le récit de ses dernières trouvailles, toutes plus farfelues les unes que les autres.

Nous étions au désespoir. Notre victime désignée était-elle plus futée qu'il n'y paraissait ou encore plus bête que nous ne le pensions ?

Bref, nous étions prêts à renoncer à notre beau stratagème quand le miracle se produisit grâce à une aide providentielle : celle de l'oie acariâtre, témoin de notre mauvais coup. Celle-ci, en effet, avait spontanément décidé d'entreprendre elle-même des fouilles archéologiques dans la gravière en fouissant le sol du bec et en houspillant tout intrus essayant de l'en empêcher.

Cette fois, Charles Dawson fut intrigué par le manège insolite de l'animal. Il descendit dans le fossé et foula la terre fraîchement remuée de la tranchée pour y ramasser un caillou qu'il tourna et retourna entre ses doigts.

— Il a une drôle de forme… On dirait bien… Mais oui, je ne me trompe pas. C'est un silex taillé. Eh bien ça alors ! Regardez, cher ami. Chelléen, n'est-ce pas ?

Pierre, à son tour, joua les surpris. Il fit semblant d'examiner attentivement l'objet ramassé par le notaire avant de confirmer :

— Vous avez raison. Un biface primitif du paléolithique inférieur. Mon cher, vous êtes

vraiment béni des dieux. Quelle veine stupé-
fiante…

Jouant le jeu, j'exprimai aussi ma joie :

— C'est merveilleux, M. Dawson. Vous
allez devenir célèbre. Qui sait quels trésors
peut cacher cette fondrière ?

En fait, la seule qui ne partageait pas
l'allégresse générale était l'oie qui, loin d'accepter qu'on envahît ainsi son territoire,
protesta à hauts cris, choisissant pour première
cible notre pauvre notaire, lequel dut battre
en retraite précipitamment après s'être fait
cruellement pincer les fesses.

Mais il ne fallait pas que notre bon monsieur Dawson renonçât à cause de ce stupide
animal. Aussi je me chargeai personnellement de repousser vaillamment l'attaque
vicieuse de ce trouble-fête en lui frappant l'ar-
rière-train à coups d'ombrelle.

— Ah ! La vilaine bête ! Allez ! Déguerpis
ou sinon : gare à toi. Attends Noël prochain,
ma vieille, je te jure que tu y passes !

Heureusement, deux cantonniers qui
venaient faire provision de gravier se
pointèrent juste à ce moment-là et s'écrièrent
en avisant l'animal :

— Comment, elle est encore ici, celle-là !

Vaincue par le nombre, l'oie n'insista pas
et s'en alla en poussant des cris indignés.

Le danger éloigné, Dawson s'approcha alors des deux ouvriers et, tout énervé, les questionna :

— Vous venez souvent ici ?

— Tous les jours. On y ramasse de la *gravel* pour boucher les trous sur la route.

— Et vous n'avez jamais rien trouvé de curieux à cet endroit ?

— Non, répondit le premier.

Mais son collègue, qui n'avait pas lâché les brancards de sa brouette, n'était pas d'accord.

— Si... Si, tu ne t'en souviens pas ? L'autre jour : les noix de coco...

— Des noix de coco ? s'étonna Dawson. Que voulez-vous dire ?

— Oui, on a déterré des drôles de pierres. On aurait dit des écorces de noix de coco...

— Et vous les avez conservées ? interrogea Dawson avec un frémissement dans la voix.

Je tressaillis de bonheur et, de la pointe d'une de mes bottines, donnai délicatement un petit coup de pied à mon ami Pierre qui me fit signe de rester discrète.

L'ouvrier de la voierie souleva sa casquette et se gratta la tête.

— Eh bien... Si on ne les a pas concassées et épandues sur le chemin, elles devraient être encore dans le tas de cailloux que vous voyez là-bas.

Sans plus attendre, Dawson se précipita et, à quatre pattes, se mit à fouiller fébrilement le monticule de gravier.

Sans savoir pourquoi, à le regarder, je songeai à un gros cochon qui fouine le sol de son grouin pour trouver des truffes.

— J'en ai un! s'exclama le notaire. Et en voici un autre… et un troisième. De toute évidence, ce sont des morceaux de crâne!

Pierre et moi échangeâmes un regard amusé.

Un autre mois s'écoula avant que notre affaire ne s'ébruite et ne prenne des dimensions que nous étions loin de soupçonner.

Cela commença par une visite d'un ami de papa, Arthur Smith Woodward, paléontologue du British Museum et conservateur du département de géologie. Sir Arthur, qui passait ses vacances d'été à Brighton, venait assez souvent nous rendre visite. Or, suivant le désir de Charles Dawson, père avait accepté de lui demander de donner son avis d'expert au sujet de ces fameux restes humains fossiles qu'on venait de trouver sur la propriété et qui causaient déjà tout un émoi parmi les membres de plusieurs sociétés savantes du Sussex.

Cette nouvelle me combla à plus d'un titre. D'abord, elle nous apportait la preuve que nous avions gagné : notre machine infernale était en marche et n'allait pas tarder à s'emballer. Ensuite, sir Arthur avait annoncé qu'il serait accompagné de son fils, Cyril.

Il faut dire que je connaissais bien Cyril, un jeune Londonien étudiant à Eton. Beau garçon. Juste un peu plus âgé que moi. Je l'avais déjà rencontré à plusieurs reprises. Chaque fois qu'il venait au manoir, il me baisait la main en ôtant son canotier. Je le trouvais vraiment mignon bien qu'un peu trop réservé et collet monté, surtout en présence de son père, un petit homme sévère aux cheveux poivre et sel qui parlait sur le ton sec et supérieur de ceux qui ont l'habitude d'être obéis et servis sans délais.

Toujours est-il que la pensée de revoir Cyril me causait de curieuses sensations. Rien qu'à y songer, le rouge me montait aux joues et mon cœur battait plus vite.

Pierre, évidemment, ne manqua pas de me taquiner :

— Je crois bien que vous êtes amoureuse de ce garçon…

Je lui jurai que non. Cependant, le matin du grand jour, je ne pus m'empêcher ni de sortir de l'armoire ma plus belle robe bleu pervenche à manches gigots et col de dentelle, ni de demander à Maggie, notre bonne, de me démêler les cheveux à coups de brosse pour me faire un élégant chignon. Ce changement était si subit et si inattendu que ma tante Rebecca, en me voyant descendre de ma chambre, échappa un cri de surprise :

— Eh bien ! Pour une fois vous avez l'air d'une vraie jeune fille !

6
Quand les choses tournent mal

Pour Pierre et moi, l'heure de vérité avait sonné. Un vrai savant, comme M. Woodward, ne pouvait manquer de démasquer notre supercherie et ce gros bouffon de Dawson. Bientôt, tout le monde saurait que notre bon notaire avait été berné par d'ingénieux farceurs et que son supposé fossile humain n'était qu'un faux grossier.

L'affaire risquait d'être d'autant plus drôle que tante Rebecca avait fait préparer pour l'occasion un buffet froid et convié de nombreux amis qui depuis midi s'entassaient dans la bibliothèque.

Tout le gratin cultivé de notre région était là. Il ne manquait plus que le découvreur et ses précieuses reliques. Celui que le journal local appelait déjà «le sorcier du Sussex» en raison de sa chance exceptionnelle.

M. Woodward, arrivé en auto avec Cyril depuis onze heures, était visiblement agacé de ce retard. Il tirait sans arrêt sa montre de son gousset.

Enfin, Dawson, le futur grand homme, fit son entrée, fier comme un coq qui aurait pondu un œuf. Il avait mis un frac trop serré qui faisait ressortir sa bedaine et arborait, sous sa moustache en croc, un sourire fendu jusqu'aux oreilles. Il déposa un colis soigneusement emballé sur le guéridon qu'on avait installé au centre de la pièce. Puis il ôta son chapeau melon et présenta ses hommages à tante Rebecca, échangea quelques mots avec mon père, salua le vicaire Wilcox, serra des mains. Enfin, il nous adressa, à Pierre et à moi, un petit geste avant de se faire présenter sir Arthur qu'il gratifia de mille courbettes et mille compliments.

Le paléontologue s'impatienta :

— Monsieur, je n'ai pas beaucoup de temps…

Le notaire s'excusa et se dirigea vers la table ronde où, avec la solennité d'un officiant s'apprêtant à dévoiler rien de moins que le Saint-Graal, il dénoua les ficelles qui entouraient sa boîte pour en retirer un à un ses fossiles qu'il déposa sur la nappe dans un ordre étudié.

Sir Arthur sortit son lorgnon et se pencha sur les pièces exposées qui, pour la plupart des témoins de l'événement, ressemblaient tout au plus à de simples cailloux brunâtres de formes variées.

Les témoins de la scène retenaient leur souffle, impatients de connaître le verdict du maître.

Tout en savourant chaque seconde et en attendant le coup de théâtre qui ne pouvait que se produire d'un instant à l'autre, je m'approchai discrètement de Cyril et lui pris la main. Le jeune homme sursauta et une violente érubescence lui enflamma le visage. Il bégaya :

— Ah ! C'est vous… Comment allez-vous ? Vous avez tellement grandi que je ne vous aurais pas reconnue… Vous… Vous êtes vraiment en beauté…

Pour le remercier, je me hissai sur la pointe des pieds et l'embrassai sur l'oreille. Il devint tout blême et je crus qu'il allait défaillir.

Entre-temps, sir Arthur avait terminé son examen. Il se redressa et retira son lorgnon.

— Cette mâchoire, comment l'avez-vous trouvée ?

— Je l'ai sortie comme ça. Elle affleurait d'un tas de gravier.

— Vous avez vraiment une chance inouïe. Ces dents et ce bois de cerf proviennent de la même strate ?

— Exactement.

— Et à quelle hauteur se trouvaient-ils par rapport au fond de la vallée ?

— Le dépôt alluvionnaire se situe à quatre-vingts pieds au-dessus du niveau actuel de l'Ouse.

— Fichtre ! Cela veut dire que ces ossements remonteraient à environ cinq cents mille ans. C'est possible vu l'aspect ferrugineux des os et la présence de ces restes d'animaux dans la même couche. Un homme du quaternaire ancien ! Peut-être du pliocène. Incroyable[23] ! Absolument incroyable ! Dommage que la mâchoire soit brisée. Nous ne saurons jamais comment elle se rattachait au crâne et si ces deux pièces du squelette appartenaient véritablement au même individu. N'empêche, cher M. Dawson, que vous avez fait là une découverte fantastique. Je serais presque tenté de dire : la découverte du siècle. Cet être humain est sans doute le

---

23. La recherche actuelle a considérablement reculé les origines de l'homme. Les plus vieilles formes de transition entre les primates et les homidés, tel le Pierolapithèque, découvert en Catalogne en 2004, remonteraient à 13 millions d'années.

plus vieux jamais mis au jour. Il vivait au tout début de l'humanité.

Puis sir Arthur, s'adressant cette fois à tous les membres de l'assistance, lança :

— Mesdames et messieurs, vous venez d'assister à un grand moment ! Que dis-je ? Un moment historique. Voici l'*Homme de l'aube de l'humanité* et vous êtes les premiers à en contempler les restes vénérables. Je vous demande d'applaudir notre confrère. Sa découverte, dès qu'elle sera connue, fera assurément le tour du monde !

Abasourdie, je lâchai la main de Cyril et échangeai un regard désespéré avec Pierre qui fut pris d'une quinte de toux persistante comme s'il venait d'avaler de travers.

— Excusez-moi, balbutia-t-il.

— Voulez-vous un verre d'eau ? lui proposa tante Rebecca.

Pierre refusa et en profita pour sortir un instant de la bibliothèque.

Je le rejoignis.

— Il faut faire quelque chose. Dire la vérité…, lui murmurai-je.

Pierre parut embarrassé.

— Je crois bien que notre bonne plaisanterie ressemble de plus en plus à un pétard mouillé. Annoncer publiquement, comme ça, à sir Arthur qu'il est dans l'erreur et victime d'un coup monté, c'est plus facile à dire qu'à faire. Sir Arthur est un homme important…

— Moi, je pense plutôt qu'il est aussi idiot et incompétent que Dawson !

Pierre tenta de me calmer :

— Je crois qu'il est préférable de ne pas intervenir. Monsieur Woodward finira bien par se rendre compte qu'il s'est laissé berner et il ne tardera pas à dénoncer la supercherie. Notre petite vengeance n'en sera que plus spectaculaire et notre notaire tombera d'autant plus bas qu'il sera monté plus haut.

Je n'étais guère convaincue et c'est à regret que je regagnai la bibliothèque.

Sir Arthur et Charles Dawson avaient chacun une flûte de champagne à la main et se tenaient par l'épaule comme deux vieilles connaissances. Il était clair que le père de Cyril, si distant tout à l'heure, cherchait maintenant à s'associer par tous les moyens à la découverte de son « confrère ».

— Mon cher ami – vous permettez, n'est-ce pas, que je vous appelle ainsi ? – l'idéal serait que vous me donniez ces ossements et que je les apporte dans mes bureaux du British Museum. Nous avons sur place des spécialistes avec lesquels je pourrais tenter de reconstituer l'ensemble du crâne avant de le présenter avec vous à la presse et au grand public.

Charles Dawson hésitait à donner son assentiment à cette proposition. De toute évidence, il était partagé entre deux sentiments contraires. D'un côté, il craignait sans doute que son précieux butin lui échappe. Mais, d'un autre côté, comment refuser la collaboration d'une personnalité aussi prestigieuse ?

Woodward lui donna une tape dans le dos :

— Alors qu'en pensez-vous ?

— Ce sera avec le plus grand plaisir. Emportez-les…, répondit Dawson sur un ton faussement enthousiaste.

— À la bonne heure ! Ne vous inquiétez pas. J'en prendrai grand soin. Nous avons là-bas un solide coffre-fort et, bien entendu, personne ne vous disputera les honneurs qui vous reviennent. Donnez-moi un mois. Vous verrez les résultats.

7

Vive le vélocipède !

Quinze jours plus tard, sir Arthur et son fils étaient effectivement de retour à Barkham Manor.

J'ignorais à présent si je devais me réjouir ou me désoler. Revoir Cyril, bien entendu, me remplissait de joie. Par contre, je ne savais que faire pour éviter que mon vilain tour ne dégénérât en un scandale risquant de rejaillir sur la famille Woodward. Comment s'en sortir ? Fallait-il simplement se taire comme me le conseillait Pierre ? Ou bien était-il plus prudent d'éteindre tout de suite la mèche de ce baril de poudre avant qu'il ne saute et ne blesse tout le monde ?

Car le temps pressait. En effet, le prétendu homme de Piltdown était carrément en train de prendre vie et d'échapper à tout contrôle.

Cet être n'était qu'une chimère. Pourtant, il avait désormais un visage étonnant de vérité. Celui que sir Arthur lui avait donné en reconstituant d'abord le crâne entier tel un casse-tête et en comblant ensuite les manques à l'aide de pâte à modeler. Et maintenant, un moulage de cet homme était là, au milieu de la bibliothèque, bien installé sur le piédestal de marbre où on l'avait placé. Avec sa robuste mâchoire, son front droit et son crâne épais, il avait un air presque féroce. Un monstre! C'est ce mot qui m'était venu aux lèvres en le voyant pour la première fois. La créature de Frankenstein! Et j'avais contribué à la créer!

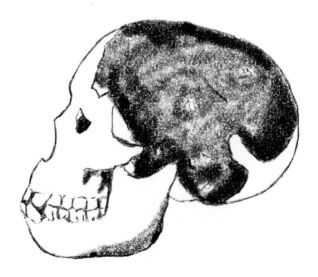

De plus, comme un malheur n'arrive jamais seul, Pierre m'annonça peu après une mauvaise nouvelle : son départ. Sa formation théologique à Ore Place était achevée et il devait regagner la France.

Nous fîmes ensemble une dernière promenade qui nous mena sur les hautes falaises de craie des Downs et, assis dans l'herbe, nous restâmes longtemps sans parler à regarder le spectacle changeant des nuages poussés par le vent. Au retour, en traversant la forêt de pins, de chênes et de marronniers qui bordait le parc, Pierre rompit enfin le silence et, d'une voix où perçait l'émotion qui l'étranglait, il me dit :

— Je vais m'ennuyer de vous. J'espère que vous m'écrirez.

— Je vous le promets.

— Vous avez lu les bouquins que je vous ai prêtés ?

— Oui, mais je n'ai pas fini le dernier. Je vous le rendrai avant que vous ne partiez. Vous prenez le train demain matin, n'est-ce pas ?

Il hocha la tête.

Le lendemain je me rendis à la gare. Au loin on entendait déjà le sifflet de la locomotive qui annonçait son arrivée imminente. J'eus à peine le temps de remettre à Pierre le volume que je lui devais. Il sortit son stylographe et griffonna rapidement quelques phrases à l'intérieur. Au moment de gravir le marchepied de son wagon, il me tendit le livre.

— Tenez, je vous l'offre.

Le train s'ébranla. Il abaissa la vitre de son compartiment et me fit signe par la fenêtre.

Réprimant un sanglot, je fis quelques pas sur le quai comme pour l'accompagner. La locomotive siffla à nouveau.

Quand la queue du train eut disparu, j'allai m'asseoir sur un banc devant la gare et j'ouvris le livre.

Sur la première page, Pierre, de ses doigts fébriles, avait écrit :

Chère Mabel,

> *Vous êtes une jeune fille brillante, ne laissez personne étouffer ce feu qui vous habite. Dieu n'est pas, comme le croit le vicaire Wilcox, un vieillard à barbe blanche qui a créé le monde et qui, depuis, se contente de nous observer et de nous juger. Moi, j'imagine le Créateur comme une formidable énergie cosmique qui continue de transformer le monde et une partie infime de cette énergie est en chacun de nous. Nous devons donc tous entretenir dans nos cœurs la passion de grandir, la joie supérieure de tenir notre petite place*

*dans l'univers en donnant toujours
notre maximum. Tout essayer, tout comprendre, tout trouver, tel est notre
devoir. La seule découverte digne de
nos efforts est celle de construire
l'avenir[24]!*

*Adieu «Ma Belle»,
Pierre*

Je refermai le livre en pleurant cette fois
à chaudes larmes.

L'été achevait. Au début, l'absence de
Pierre me pesa cruellement, mais un heureux
événement m'apporta bientôt une consola-
tion inespérée. Cyril, qui devait entrer à
l'université à l'automne, avait pris l'habitude
de me rendre visite presque chaque week-
end. En effet, sa mère passait la belle saison
au bord de la mer et comme Brighton n'était
qu'à dix milles du manoir, il parcourait cette
distance en enfourchant le vélocipède qu'il
venait de s'acheter.

Je trouvais que c'était très romantique.
J'avoue néanmoins que je regrettais un peu
que mon amoureux n'ait pas suivi l'exemple
des héros de Jane Austen en préférant le
cheval à cette monture de fer plus moderne.

---

24. Certains extraits sont tirés de L'*expérience de Dieu
avec Pierre Teilhard de Chardin*, textes choisis par
Philippe Gagnon, Fides, 2001.

Mais Pierre avait raison, il fallait constamment évoluer et être ouvert au progrès au lieu de réagir comme tante Rebecca en rejetant systématiquement tout ce qui risquait de bouleverser ses habitudes.

Aussi décidai-je de m'intéresser à ce mode de locomotion original qui devint l'objet d'ardentes discussions durant les repas de famille. Ma tante, évidemment, trouvait insensé qu'une jeune fille comme il faut s'exhibât sur ce genre d'engin. Je lui rétorquais :

— Mais ma tante, ne dit-on pas que les filles de la reine Victoria ont elles aussi adopté le vélo et qu'à Paris, certaines femmes de la haute société, bravant la critique et les moqueries, pédalent au bois de Boulogne ?

Elle esquissait une grimace incrédule qui m'incitait à revenir à la charge.

— Regardez, dans cette revue que m'a laissée Pierre, on prétend que la bicyclette sera sans aucun doute l'instrument de la libération de la femme.

— C'est ridicule.

— Non, pas du tout. Le journaliste a raison. Qu'est-ce qui fait que nous ne pouvons ni bouger, ni faire un pas, ni même descendre d'une auto sans l'aide de quelqu'un ? Nos vêtements ! Nos vêtements qui nous serrent et nous emprisonnent. Or, pour pouvoir monter à bicyclette, il faudra commencer par nous débarrasser de tous ces carcans dans lesquels la mode nous a enfermées. Fini donc les robes trop longues, terminé les étouffants corsets. Adieu les bottines trop serrées !

Tante Rebecca levait les yeux au ciel en prenant mon père à témoin que j'étais folle. Mais je n'abdiquais pas.

— Vous verrez, ma tante : grâce au vélo, un jour les femmes auront enfin droit comme ces messieurs d'adopter des tenues plus commodes ! En tout cas, il paraît que déjà plusieurs adeptes féminines de la *petite reine*[25] portent des pantalons courts ou bouffants[26] ou encore des jupes-culottes…

— Et vous voudriez vous afficher dans de telles tenues ! Montrer vos mollets à tout le monde ! Quelle horreur ! J'en ai discuté justement hier avec M. Wilcox. Pour lui, *vélocer* est tout à fait indécent et il a déjà refusé la communion à une de ces amazones en costume de zouave !

L'opposition farouche de ma tante suffit bien évidemment pour que je sois aussitôt gagnée par l'irrésistible envie de posséder un de ces engins extraordinaires.

---

25. Surnom de la bicyclette.
26. Ces pantalons s'appelaient aussi des *bloomers* et avaient été lancés par une Américaine, Mrs. Bloom.

La bataille dura une partie de l'automne et atteignit son point décisif le jour où, rassemblant mon courage, je posai enfin la question que toute la maisonnée redoutait.

— Papa, pourrais-je avoir une bicyclette pour mon anniversaire? Dis oui…

M. Kenward, comme d'habitude, commença par refuser avant de se défiler avec un «*on verra, on verra…*» pour finalement capituler sous mes baisers et mes mignardises.

Ne restait plus qu'à trouver le moyen de venir à bout des dernières résistances de tante Rebecca et de la convaincre du bien-fondé de cette acquisition.

Sa première réaction fut de désavouer mon père et de dénoncer sa faiblesse criminelle en me vouant pour ma part à la pire des déchéances morales et physiques.

Je lui tins tête encore une fois.

— Franchement, ma tante, je ne vois pas en quoi grimper sur un vélo est plus immoral que de monter à califourchon sur le dos d'un âne ou d'une jument!

Mais tante Rebecca n'était pas non plus à court d'arguments:

— Mademoiselle la tête folle, savez-vous au moins ce que le docteur O'Followell a écrit à propos du vélocipède? Tenez, écoutez: *Sans compter les risques d'accidents graves, une jeune fille qui abuse de cet exercice peut subir de sévères dommages au niveau des organes internes qui l'empêcheront plus tard d'avoir des enfants.* En outre… il y a autre chose… Une chose que la pudeur m'empêche de vous expliquer en entrant dans les détails. Il semblerait que les demoiselles s'adonnant à l'activité vélocipédique risquent de se laisser aller à… Hum!… des habitudes vicieuses. Bref, il s'agit d'une mode stupide qui engendrera une génération de bossus, de phtisiques et de rhumatisants[27]!

Et le conflit s'éternisa au point où je compris que je ne pourrais parvenir à mes fins qu'en faisant quelques concessions.

C'est ainsi que je me résignai d'abord à subir un examen médical qui rassura en partie ma tante. Ensuite j'acceptai de me soumettre à une longue séance d'essayage chez la couturière chargée de la confection de ma future robe de *velocewoman*. J'accordai alors à Rebecca le droit absolu de décider au huitième de pouce près à quelle hauteur on coudrait l'ourlet afin de ne pas enfreindre les lois de la pudeur.

J'avais gagné.

---

27. Au sujet de la polémique causée par l'usage féminin du vélo, voir Claude Brasseur, *La femme à bicyclette à la Belle Époque*, France-Empire, 1986.

Deux jours plus tard, la bicyclette était achetée et, le dimanche suivant, je proposai à Cyril de me donner ma première leçon.

Il se livra à cet exercice périlleux avec le plus grand sérieux.

— Vous êtes bien assise ? N'ayez pas peur ! Je vous tiens. Ne serrez pas trop les poignées ! Bon… Maintenant, placez vos pieds bien d'aplomb.

Cyril Woodward avait beau multiplier les conseils, trop occupée à conserver mon équilibre précaire, je n'écoutais rien.

— C'est ça, appuyez doucement sur les pédales.

— Aaaaah ! Je vais tomber !

J'abandonnais aussitôt le guidon et m'accrochais à deux mains au cou de mon professeur qui essayait en même temps de retenir le vélo.

— Ne me lâchez pas, suppliais-je pendant que mon sauveur me remettait tant bien que mal en selle.

À la troisième ou quatrième tentative, je parvins finalement à rouler sur une dizaine de mètres en zigzaguant. Cyril courut derrière moi.

— Très bien ! Continuez ! Pas trop vite !

Je sentis que j'allais perdre de nouveau le contrôle de ma machine qui s'était engagée dans l'allée en pente et prenait de la vitesse.

— Vous me retenez toujours?

À bout de souffle, Cyril, qui avait perdu prise depuis un bon moment, me cria:

— Oui, oui… Ne vous inquiétez pas! Je suis là!

Le vélo s'emballa. Je quittai les pédales et écartai les jambes en poussant un long hurlement.

— Freinez! Freinez!

Je n'entendais rien et, les yeux fermés, je continuais à dévaler la côte à toute allure.

La bicyclette quitta le chemin et culbuta dans le fossé.

Cyril accourut.

— Vous ne vous êtes pas fait mal?

Je me relevai en riant et redressai mon canotier piqué de deux plumes de faisan.

Cyril me tendit la main. Je fis mine de m'indigner:

— Vous m'avez lâchée, hein? Vous êtes un sacré menteur!

Mais l'audacieuse débutante que j'étais ne se découragea pas pour autant et bientôt, après quelques nouveaux essais, je commençai à circuler avec une certaine aisance. J'effectuais des virages serrés. Je pédalais en danseuse et je faisais sonner joyeusement mon grelot. J'allais jusqu'à ne plus tenir le guidon pour saluer à chaque passage mon malheureux compagnon qui m'implorait de ne pas prendre trop de risques.

Vaines recommandations. Je me sentais si libre! Envahie par une griserie comme jamais je n'en avais connue. Il me semblait que des ailes me poussaient dans le dos. Du coup, j'oubliai toute prudence, roulai de plus en plus vite, me retournai sans regarder où j'allais. Et ce fut soudain la catastrophe. Des cris déchirants. Une volée de plumes blanches.

Je venais d'écraser la grosse oie malcommode qui hantait toujours les lieux.

Cette fois, dure fut la chute et, mains et genoux écorchés, je grimaçai de douleur.

De nouveau, Cyril vint à mon secours. Il était très fâché contre moi.

— Vous êtes vraiment folle! Vous avez failli vous tuer.

Je le regardai, étonnée du ton sur lequel il m'avait fait ces reproches.

— Je ne suis plus une enfant, Cyril. Ce n'était qu'un accident.

Comme je boitillais un peu, il voulut m'aider. Je le repoussai avec humeur. Pour qui se prenait-il?

— Je n'ai pas besoin de vous. Si vous voulez vous rendre utile, ramassez cette pauvre bête et portez-la aux cuisines.

Je m'efforçai, bien évidemment, d'oublier vite ce fâcheux incident. Mais, je ne sais pour quelle raison, j'en conservai malgré tout un souvenir amer. Comme s'il avait soudain révélé un aspect déplaisant du caractère de Cyril. Non, décidément, je n'avais pas aimé la façon dont il m'avait parlé avec cet air de condescendance qui me rappelait trop celui de tous ces hommes imbus de leur supériorité intellectuelle et pour qui les femmes n'étaient que des êtres frivoles et de charmantes écervelées.

Mais, après tout, ce n'était peut-être qu'une fausse impression…

Cette pensée me réconforta si bien que, la semaine suivante, lorsque Cyril me proposa une vraie randonnée à bicyclette, j'acceptai avec plaisir en me disant que l'ivresse de pouvoir me promener librement en respirant l'air vif à pleins poumons ne pourrait que dissiper ce petit nuage qui s'était installé entre nous.

— Pourquoi ne pas aller jusqu'à la côte ? J'aimerais tant voir la mer. Combien de temps cela vous prend-il pour venir de Brighton jusqu'ici ?

— Effectivement, ce n'est pas très loin. Cinq ou six milles. Par contre il y a pas mal de montées. Vous risquez de trouver l'excursion un peu fatigante…

Au regard que je lui lançai, il n'osa rien ajouter et se contenta de suggérer :

— Emportons au moins un panier de provisions pour pouvoir pique-niquer en cours de route.

Et nous voilà filant à vive allure à travers cette merveilleuse campagne du sud de l'Angleterre où, de colline en colline, se succédaient des prairies fleuries, des champs de houblon, des boqueteaux de châtaigniers et des hameaux aux pittoresques maisons à colombages.

Sûre de moi, je pédalais sans effort et, à ma grande satisfaction, c'était Cyril qui avait du mal à me suivre.

À midi, nous arrêtâmes au bord d'un ruisseau près d'un vieux moulin. J'avais chaud. Je dégrafai le haut de mon corsage et ôtai mes souliers pour faire tremper mes pieds endoloris dans l'eau fraîche. Cyril me toisa d'un regard sévère.

— Voyons, Mabel, si quelqu'un nous surprenait !

Je réajustai mon vêtement et me rechaussai à contrecœur.

Nous passâmes le début de l'après-midi sur la plage de Brighton. Il faisait un soleil radieux.

Je consacrai un long moment à observer les cabines roulantes[28] qui s'avançaient dans la mer et les audacieuses baigneuses en maillots à volants qui en descendaient pour affronter les flots. Allongée sur les galets, je regardais également les enfants jouer au cerf-volant. J'aurais eu envie de courir avec eux. Mais une petite voix intérieure me le défendait : *Tu ne peux pas faire ça. Que va-t-il encore penser de toi ? Que tu es une fofolle…*

Alors, sans que je sois vraiment triste, des larmes me montèrent aux yeux.

Cyril me demanda :

— Qu'y a-t-il ?

— Rien, rien !

Et je retrouvai aussitôt un air enjoué.

Nous marchâmes ensuite sur le trottoir de bois dominant le front de mer et Cyril me confia ses projets d'avenir. Après ses études, il voulait faire carrière dans la City[29] et peut-être se lancer en politique. Je lui dis que moi aussi j'aimerais entrer à l'université. En sciences naturelles ou en médecine si possible.

---

28. À l'époque des premiers bains de mer, les baigneurs utilisaient des voitures tirées par des chevaux pour entrer dans l'eau avec l'aide d'un préposé. On se trempait juste dans l'eau et on remontait. En outre, les femmes ne se baignaient pas en même temps que les hommes qui, eux, nageaient souvent flambant nus.
29. Quartier des affaires de Londres.

— Vous savez, à Édimbourg, des filles de mon âge ont déjà tenté l'aventure et failli réussir cet exploit[30], et aussi bien en France qu'en Suisse, en Belgique et en Allemagne, les femmes ont désormais accès aux études supérieures[31].

Je vis bien que Cyril n'était pas d'accord. Il se moqua gentiment de moi sur un ton qui, une fois de plus, m'agaça au plus haut point :

— Je ne crois pas à l'égalité des sexes. C'est une absurdité. Comme le dit si bien mon père : la femme est trop fragile et elle est un bijou trop précieux pour s'aventurer dans la jungle du monde du travail, de la science ou des affaires. Sa vraie place, croyez-moi, est au foyer à élever les enfants. Compagne, épouse et mère, tel est à mes yeux l'idéal féminin.

Je n'en revenais pas.

— Mais Cyril, nous sommes au XXe siècle ! Moi, je vous dis que seule une femme instruite est capable d'enseigner à ses enfants les

---

30. En 1869, effectivement, sept femmes réussirent à s'inscrire en médecine à Édimbourg, mais les professeurs et les citadins protestèrent avec une telle véhémence que leurs cours furent annulés.

31. En France, il fallut attendre 1860 pour qu'une femme décroche le baccalauréat pour la première fois et 1880 pour qu'elle entre à l'université. En 1913, sur 1000 étudiants, on ne comptait toujours que 92 femmes dans l'Hexagone.

devoirs d'un bon citoyen et l'amour de la liberté…

Cyril sourit.

— La liberté ! Vous croyez sincèrement que les hommes sont plus libres que les femmes ? Quelle erreur ! Croyez-moi, la liberté n'est bien souvent qu'un miroir aux alouettes, un mot séduisant qui brille de mille feux juste pour nous faire oublier le poids écrasant de nos responsabilités. Mais cessons de parler de tout cela. Nous n'allons pas nous disputer. Il fait trop beau ! Venez…

J'en convins et, pour nous changer les idées, nous allâmes visiter l'extravagant Pavillon royal[32] qui dressait non loin de là ses dômes, ses minarets et ses tourelles. Nous flânâmes ensuite sur la jetée du Palace Pier. Cyril m'acheta de la barbe à papa et me gagna un ours en peluche à la loterie. Je le trouvai de nouveau charmant, prévenant et le plus aimable du monde. Il avait apporté son appareil photo. Il fit plusieurs portraits de moi en me racontant des choses drôles pour me forcer à sourire.

Bref, la journée semblait être un succès jusqu'à ce que je lui propose ingénument :

---

32. Villa excentrique de style « gothique indien » construite entre 1815 et 1822 pour George IV.

— Votre mère loge au Grand Hôtel, n'est-ce pas ? Si nous allions la voir ?

Encore une fois, il réagit, hélas, comme si j'avais proféré une grosse bêtise.

— Dans cette tenue de cycliste, vous n'y pensez pas !

Vexée, je m'enfermai alors dans un silence têtu. Un profond malaise s'empara de nous et lui aussi cessa de parler. Je lâchai son bras et nous marchâmes côte à côte, lui tenant sa casquette pour que le vent ne l'emporte pas, moi, les mains dans le dos.

J'eus l'impression douloureuse qu'à cet instant quelque chose s'était brisé entre nous.

Je murmurai en soupirant :

— Rentrons, je suis fatiguée.

Au retour, c'est moi qui eus de la difficulté à suivre le rythme. Je peinais dans les pentes et Cyril, roulant à ma hauteur, dut m'aider à plusieurs reprises en me poussant d'une main.

Comble de malheur, près de Crowborough, la pluie nous surprit. Il était tard. La nuit tombait. J'étais trempée. Tout à coup, ce qui ressemblait à la détonation d'un ballon crevé me fit sursauter. Ma bicyclette crapahuta encore quelques mètres sur le chemin pierreux puis refusa d'avancer. Cyril examina le pneumatique arrière de mon vélo.

— Une crevaison ! C'est bien notre chance !

Pendant qu'il soulevait sa casquette pour se gratter la tête, je me réfugiai sous un arbre, transie. La colère grondait en moi et toute la frustration accumulée au cours de cette journée explosa d'un seul coup :

— Eh bien ! Faites quelque chose ! Prenez une décision puisque vous êtes l'homme et que je suis la faible femme !

8

Le père de Sherlock Holmes s'en mêle

Penaud, Cyril quitta notre abri feuillu et s'éloigna sous la pluie battante pour chercher de l'aide.

Réalisant qu'il n'avait peut-être pas mérité que je le traite avec une telle brusquerie, je me mordis les lèvres et poussai un soupir qui exprimait tout à la fois mon désespoir, ma rage et mon dépit devant ce gâchis.

Quelques minutes plus tard, il était de retour avec un parapluie ouvert.

— Il y a une villa pas loin d'ici. Son locataire veut bien nous héberger pour la nuit. Il a le téléphone et a prévenu votre tante.

Je le suivis. Il me couvrit les épaules de son veston. Je le remerciai d'un pauvre sourire.

Nous sonnâmes à la porte. Une jolie femme en robe d'intérieur de soie fleurie nous ouvrit et une voix forte provenant de la pièce voisine nous cria :

— Entrez ! Venez vous réchauffer ! J'ai fait du feu et ma femme Jean vous a préparé du thé et des sandwichs.

L'homme qui nous accueillit dans son salon était un quinquagénaire bedonnant à l'allure joviale. Il portait la moustache et une chaîne en or pendait au gousset de son gilet. Assis dans une confortable bergère près de la cheminée, il nous convia à prendre place sur la causeuse qui lui faisait face. Il avait un bouquin à la main et je remarquai, dès le premier coup d'œil, qu'il y avait des livres partout dans la villa. Entassés sur les étagères. Empilés sur le bureau. Éparpillés sur le tapis. De plus, le visage de ce gentleman plutôt avenant me semblait familier. Où l'avais-je déjà vu ? Dans le journal ! Oui, c'était cela.

Pendant que l'homme demandait à sa femme de faire couler un bain chaud et de trouver du linge sec pour «ces pauvres enfants qui risquaient d'attraper la mort», je cherchais le nom que j'avais sur le bout de la langue. C'était un écrivain… D'après le titre du livre qu'il lisait, il s'intéressait, lui aussi, à la paléontologie. Il ressemblait au docteur Watson dans les histoires de Sherlock Holmes…

La lumière se fit. Incroyable ! J'étais devant le créateur du célèbre détective. Nul autre que sir Arthur Conan Doyle en personne[33] !

Folle de joie, tout en m'essuyant les cheveux avec la serviette que m'avait apportée Jean, je demandai :

— Vous écrivez un nouveau roman, monsieur Doyle ?

L'écrivain sourit, flatté de constater que sa célébrité l'exemptait d'avoir à se présenter.

— Oui, je viens justement de terminer un manuscrit que je compte envoyer bientôt à mon éditeur.

Profitant du fait que notre hôte venait de se lever pour ajouter une bûche sur les chenets, Cyril se pencha vers moi pour me murmurer à l'oreille :

— Tu connais ce monsieur ?

Je lui répondis avec étonnement :

— Comment, vous ne savez pas qui est monsieur Doyle ? Vous êtes bien le seul dans toute l'Angleterre. Vous n'avez pas lu *Une étude en rouge* ou *Le chien des Baskerville* ?

— Non.

---

33. À cette époque, Conan Doyle habitait avec sa nouvelle épouse Jean Leckine dans sa villa de Windlesham, perchée au dessus de Crowborough à dix kilomètres environ de Piltdown et de Barkham Manor.

Un peu méchamment, je ne pus m'empêcher de lui envoyer une rosserie que je regrettai aussitôt :

— Décidément, mon pauvre ami, c'est toute votre éducation qui est à refaire…

Charitable, Conan Doyle, qui m'avait entendue, changea de sujet de conversation et nous demanda à qui il avait l'honneur et d'où nous venions.

En apprenant que Cyril était le fils de sir Arthur Woodward, le romancier se montra soudain vivement intéressé. Il le fut encore davantage quand il apprit de surcroît que l'on venait de découvrir à Piltdown, tout près de Barkham Manor, les restes d'un homme-singe vieux d'un demi-million d'années. Il multiplia alors les questions et sortit même un carnet pour prendre des notes.

— C'est que, voyez-vous, par un curieux hasard, le livre sur lequel je travaille en ce moment porte sur ce sujet. Il raconte l'histoire d'une expédition menée par un certain docteur Challenger qui découvre en Amazonie un plateau quasiment inaccessible au sommet duquel des créatures mi-hommes mi-singes ont survécu au milieu des dinosaures…

— Tout à fait passionnant ! s'écria Cyril.

— Mais complètement impossible, m'objectai-je avec une spontanéité qui surprit l'illustre homme de lettres.

— Et pourquoi donc, mademoiselle ?

— Parce que les hommes sont apparus sur Terre bien après que le dernier de ces monstres soit tombé en poussière.

— Ah oui ? s'étonna l'écrivain. Vous en êtes sûre… ?

— Absolument.

Cyril crut devoir excuser mon effronterie.

— Miss Kenward lit trop et dans certaines publications on dit tant de sottises. Mon père lui…

Cette fois, piquée dans mon orgueil, je devins carrément furieuse.

— Votre père peut se tromper comme les autres !

Conan Doyle, d'un geste, tenta d'apaiser l'orage.

— Je vérifierai tout cela. Je vous remercie, mademoiselle Kenward. Mais, j'y pense, vous devez avoir faim…

La soirée fut pénible. Cyril, l'air contrarié, ne desserrait pas les dents. Je fus donc soulagée lorsque Jean, le voyant réprimer un bâillement, se leva et nous dit :

— Je pense que vous êtes fatigués. Vous avez eu une dure journée. Je vais vous montrer vos chambres.

Je dormis peu, voire pas du tout. Je n'ôtai même pas mes vêtements ni ne défis le lit. Je me sentais affreusement seule. J'aurais voulu que quelqu'un me serrât dans ses bras. Pourquoi Cyril, ce soir-là, ne vint-il pas me rejoindre ?

Au milieu de la nuit, incapable de trouver le sommeil, j'arrachai le couvre-lit et m'en enveloppai avant d'aller me réfugier au creux d'un fauteuil. Je m'y pelotonnai en me faisant toute petite pour oublier cette excursion désolante.

Dans la chambre d'à côté, j'entendis Cyril. Il ronflait.

J'attendis les premières lueurs de l'aube avant de me lever. Un oiseau vint se poser sur le bord du balcon de ma chambre. J'ouvris la fenêtre. Il s'envola dans un froissement d'ailes. Le jardin était noyé de brume et une échelle était appuyée au mur. Songeant à Roméo et Juliette, je me mis à répéter à voix basse :

— Ah ! Cyril, pourquoi es-tu Cyril ?

Des bruits à l'étage inférieur m'indiquèrent que M. Doyle ou son épouse était debout. Je descendis sans faire de bruit. L'écrivain était assis à son bureau. Il fumait la pipe en lisant son journal.

— Bien dormi, miss Kenward?

À l'air contrit que je lui fis, il en déduisit que non et supposa probablement que le gentleman qui dormait encore là-haut y était pour quelque chose.

— Vous voulez que je vous raccompagne chez vos parents après le petit-déjeuner? J'ai mon auto…

Je le remerciai, ajoutant après un moment d'hésitation :

— Si cela ne vous dérangeait pas trop, j'aimerais rentrer seule…

— Et votre ami?

— Il se débrouillera avec les bicyclettes… Je vais lui laisser un petit mot.

Notre hôte me tendit un bloc de papier à lettres et m'invita à m'asseoir. Je voulais laisser à Cyril un message de pure politesse. Je me rendis compte que j'étais en train de lui écrire une lettre d'adieu.

Mon cher Cyril,

Je vous remercie pour la randonnée d'hier… Monsieur Doyle a accepté de me reconduire à la maison. Ne vous occupez donc pas de moi.

Je crois d'ailleurs que nous ferions mieux de cesser de nous voir durant quelque temps. Comme ma tante

Rebecca, je vous trouve plein de belles qualités qu'une autre que moi saura sans doute mieux apprécier. Vous avez reçu une «belle» éducation. Meilleure que la mienne en tout cas. Vous avez des principes. J'ai l'âme rebelle. Vous êtes sérieux. J'ai un caractère primesautier. Vous espérez épouser une femme qui vous fera honneur dans le grand monde. Je rêve d'aventures et de liberté. Si nous faisions la folie de pousser notre relation plus loin, je ne pourrais que vous décevoir. Or, je vous aime trop, mon cher Cyril, pour vous rendre malheureux.

Adieu,
Mabel

À bord de la puissante Dietrich-Lorraine décapotable qui me ramenait, j'eus tout le loisir de réfléchir à ce qui s'était passé. Cheveux au vent et grisée par la vitesse, je me sentais comme délivrée. Maintenant, j'étais vraiment détachée de tout lien ! Mon destin était désormais tracé. Je savais que je n'accepterais plus de recevoir d'ordres de qui que ce soit. Dussé-je m'éloigner des êtres chers qui m'entouraient et renoncer pour toujours à trouver un mari.

L'auto stoppa devant le manoir dans un bruyant crissement de freins.

106

L'écrivain descendit du véhicule, en fit le tour et vint m'ouvrir la portière. Je le remerciai encore une fois. Il me salua mais, au moment de remonter dans son automobile, il sembla hésiter et s'informa :

— Excusez-moi, mademoiselle, ce fameux crâne qui a été découvert près d'ici, pensez-vous qu'on pourrait le voir ? Évidemment, je ne voudrais pas abuser.

— Je suis désolée, l'original n'est plus au château. Il est enfermé dans un coffre-fort au British Museum. Par contre, M. Woodward père nous en a offert un très joli moulage en plâtre. Voulez-vous que je vous le montre ? répondis-je.

— J'en serais enchanté.

— Moi également et, par la même occasion, je serais ravie que vous me disiez ce que vous en pensez… Et si c'était un faux ? Ou le résultat d'une machination destinée à se moquer des gens ?

— Pourquoi ? Avez-vous des raisons d'entretenir des doutes à ce sujet ?

Je souris et, feignant la plus absolue candeur, je laissai tomber :

— Non. Cependant je serais tellement navrée qu'un scandale éclabousse certaines personnes. Vous, le père du légendaire Sherlock Holmes, devriez pouvoir éclaircir sans peine le mystère qui entoure cette affaire depuis le début !

Sir Conan Doyle examina donc la copie du crâne. Il la souleva. Il la palpa. Il sortit son monocle pour la voir de plus près. Il branla la tête en poussant des grognements et en se raclant la gorge. Il se frotta le menton...

Quant à moi, bien sûr, j'étais sur des charbons ardents et je m'attendais à ce qu'il s'écrie en éclatant de rire :

— *Voyons, miss Mabel, c'est un faux grossier !*

Et je me voyais déjà jouer les étonnées :

— *Vous croyez ? Et à quoi voyez-vous cela ?*

Hélas, rien de tout ceci ne se produisit. Monsieur Doyle prit plutôt des notes, fit des croquis du crâne et manifesta au contraire son admiration par des exclamations du genre :

— Fascinant ! Une vraie merveille !

J'étais tout bonnement atterrée. Décidément, les hommes supposément cultivés et férus de sciences étaient bien décevants !

C'était si frustrant que je regrette encore de ne pas avoir dit au célèbre père de Sherlock Holmes en lui arrachant ce maudit crâne bestial des mains : *Voyons, soyez un peu plus attentif. Vous ne trouvez pas étrange que les condyles soient manquants. Et les dents ?*

Vous les avez regardées, ces grosses molaires. Nul doute qu'elles ont été limées pour ressembler à des dents humaines. Sortez votre loupe, bon sang ! Et ce n'est pas tout… Avez-vous évalué les probabilités qu'on puisse trouver, comme ça, une série de fossiles si étonnamment riche sur un site découvert par hasard ? D'autant que les fouilles effectuées par la suite n'ont rien donné. Et ce monsieur Dawson qu'on s'apprête à couvrir d'honneurs, il vous inspire vraiment confiance ? Êtes-vous au courant de ses découvertes antérieures, toutes plus incroyables les unes que les autres ? Vous ne trouvez pas que tout cela sent la fraude ?

Élémentaire, pourtant, mon cher Watson !

Il me fallut beaucoup de temps pour comprendre ce qui avait cloché dans le beau plan que nous avions élaboré, Pierre et moi. Nous avions oublié tout simplement que les gens se piquant d'être des défenseurs de la science et des amants de la vérité ne sont pas différents des autres. Ils sont tout aussi vaniteux, tout aussi désireux de briller dans la société que chacun d'entre nous. Parfois, ces messieurs sont même aussi superficiels et aveuglés que ces femmes du monde qu'ils se plaisent tant à mépriser pour leur frivolité et leur coquetterie. Cela explique pourquoi ils se laissent si facilement séduire par n'importe quelle théorie à la mode ou sont incapables de démasquer les manigances du premier charlatan venu qui leur offre à bon compte l'occasion d'obtenir d'un seul coup gloire et fortune.

Pour moi, je dois le dire, c'était là une vraie révélation !

9

Sur les traces de Florence Nightingale

Il me restait un dernier espoir : la présentation officielle en décembre de l'homme de Piltdown devant l'aréopage savant de ces messieurs de la société géologique de Londres. La cérémonie devait avoir lieu à la Burlington House. J'avais été invitée par ce cher M. Dawson. Pierre, qui était revenu en Angleterre pour effectuer des fouilles, devait m'accompagner.

Le résultat de cette soirée fut une fois de plus tout à fait consternant. En effet, non seulement l'increvable notaire ne vit pas sa découverte contestée, mais il fut ovationné et eut de surcroît l'honneur de pouvoir revendiquer pleinement la paternité de son monstre préhistorique qui devint l'*Eoanthropus Dawsoni*.

En un mot, personne ne subodora la moindre supercherie et, loin d'être tourné en ridicule, ce gros poseur de Dawson devint du jour au lendemain une célébrité mondiale.

Le *Times* fit son éloge à pleines colonnes. Les salons de la capitale se l'arrachèrent et tous les gens de la bonne société se disputèrent pour obtenir un moulage du «plus vieil Anglais» que son père spirituel se fit un plaisir de leur vendre au prix de dix livres dix-sept shillings l'exemplaire. Un vrai vol!

Quant à sir Arthur Conan Doyle sur la sagacité duquel j'avais compté, il s'était laissé rouler dans la farine comme les autres et, à mon grand dam, s'empressa d'ajouter sa voix au chœur des admirateurs du notaire de Lewes. Pire encore, par la faute de ce romancier supposément si perspicace, cette histoire d'homme-singe connut un regain de popularité. Bientôt, l'Angleterre tout entière dévora son dernier livre, *Le monde perdu*, dans lequel d'affreuses créatures pithécoïdes identiques à l'homme de Piltdown se livraient entre elles des luttes sanguinaires tout en affrontant mégalosaures, plésiosaures, mégalocéros, glyptodons et ptérodactyles, sans que personne y voie à redire.

Lorsque Pierre vint prendre le thé à Barkham Manor, une semaine avant de boucler à nouveau ses bagages, je m'en plaignis à lui :

— Vous avez lu le livre de M. Doyle ? C'est à désespérer !

— Oui, je l'ai parcouru. Un livre palpitant. Mais vous avez raison, quel tissu d'inepties scientifiquement parlant ! Malheureusement je crois bien que ce n'est que le début de cette folie… Notre homme croisé de singe est maintenant à la mode. Un de mes amis du continent vient même de m'apprendre qu'un Américain du nom de Edgar Rice Burroughs, à son tour, en a fait le héros d'un feuilleton dont les jeunes raffolent. Il l'a appelé Tarzan[34].

Je m'indignai.

— Mais la vérité, Pierre ? Pierre, la vérité ! Il faudra bien qu'elle triomphe un jour. On ne peut pas laisser faire…

Pierre me consola.

— Il ne faut pas désespérer. Certes, un jour, elle éclatera. Seulement, la vérité peut attendre. Elle y est habituée.

— Mais vous, Pierre, pourquoi ne pas la clamer bien haut ?

---

34. Les premières aventures de Tarzan (*Tarzan of the Apes*) parurent en 1912 dans le magazine *New Story*. Elles furent suivies de vingt-cinq autres histoires qui furent aussi popularisées sous forme de bandes dessinées par Harold Foster (dès 1929) et Burne Hogarth (entre 1936 et 1980).

— Trop tard. Pour l'instant ce serait comme prêcher dans le désert. Vous savez ce qu'un humoriste a dit ? « *Hélas ! Un mensonge peut faire le tour de la Terre le temps que la vérité mette ses chaussures*[35] ! »

Il avait raison. Je devais me résigner.

Il me demanda des nouvelles de Cyril. Je lui appris que nous avions rompu.

— Je suis désolé, dit-il avant de m'annoncer son départ imminent.

— Quand vous embarquez-vous ? On vous envoie en mission comme votre sœur[36] ?

— Je pars dans une semaine, mais j'ai beau avoir été ordonné prêtre, je ne renonce pas pour autant à mes recherches. Mon ami Marcellin Boule du Muséum d'histoire naturelle de Paris veut que je me joigne à son équipe et l'abbé Breuil m'invite à faire la tournée des grottes du nord de l'Espagne où on a découvert il y a une trentaine d'années des peintures admirables[37]. Et vous, Mabel, qu'allez-vous faire ? Il faut que vous me promettiez une chose…

---

35. Mark Twain.

36. Françoise, la sœur de Teilhard de Chardin, était directrice de la maison des Petites sœurs des pauvres à Shanghaï. Elle fut emportée par la variole en 1911.

37. Il s'agit des grottes de Santander et d'Altamira. Pour plus d'informations au sujet des peintures rupestres, notamment celles de Lascaux, voir *La souvenance de la pierre*, collection Ethnos.

— Laquelle?

— Que vous ne renoncerez pas à poursuivre vos études! Nous nous écrirons. Regardez-moi dans les yeux. Je veux que vous sachiez que vous êtes une jeune fille exceptionnelle et mon vœu le plus cher est que cette petite flamme qui brille dans cet œil-là ne s'éteigne jamais. Vous me le jurez?

Je le lui promis.

J'avais déjà encouru la réprobation bruyante de ma tante lorsque je lui avais appris ma rupture avec Cyril, mais j'ai encore dans l'oreille le cri de stupéfaction teinté d'horreur qu'elle poussa lorsque je lui annonçai mes projets d'avenir.

— Poursuivre des études, ce genre d'extravagance ne m'étonne guère de votre part. Mais TRAVAILLER! Quelle horreur! Aucune femme de notre famille n'a jamais travaillé! Seules les gouvernantes, les bonnes et les filles de palefreniers s'abaissent à une telle chose!

Je lui répondis que j'allais bientôt avoir dix-huit ans et que j'étais assez grande pour prendre ma vie en main.

— Pensez-y, ma tante, je ne vous causerai plus de soucis. Je vais m'installer à Londres.

Je n'ai pas encore choisi de profession. Je serai peut-être avocate, chimiste ou archéologue…

Elle m'objecta que c'étaient là des carrières réservées aux hommes. Je lui répliquai :

— Mais ma tante, ne savez-vous pas que Mme Curie vient de recevoir le prix Nobel de physique ? Il y a déjà des femmes médecins comme Elisabeth Garrett[38] ? Des chirurgiennes comme miss David-Colley[39]. La sœur de William Herschel[40] fut pour sa part une astronome brillante. Je pourrais m'inscrire à Girton College ou à Newnham[41] et suivre les cours des professeurs de Cambridge même si les femmes, m'a-t-on dit, n'ont pas droit au diplôme et doivent être accompagnées d'un chaperon pour ne pas trop perturber les étudiants de l'autre sexe.

Tante Rebecca haussait les épaules et je vis bien que père, même s'il gardait le silence,

---

38. Première femme médecin ayant fait ses études en Suisse.

39. Première femme chirurgienne de Grande-Bretagne (1911).

40. Caroline Herschel devint en 1830 la première femme astronome, membre de la Société d'astronomie de Londres.

41. Les femmes qui voulaient suivre les cours d'Oxford et Cambridge pouvaient s'inscrire dans ces deux collèges, fondés en 1873 et 1875, qui étaient des résidences ne faisant pas partie officiellement de l'université. Elles avaient l'opportunité de passer les examens mais n'avaient pas droit au diplôme.

n'approuvait pas que je me lance dans ce genre de carrière où je risquais de devoir affronter l'hostilité et les préjugés de la classe masculine.

— Vous n'êtes pas si vieille, insistait ma tante, un autre bon parti se présentera…

Je demeurai inflexible.

C'est alors que je compris que si je voulais acquérir des connaissances scientifiques sans encourir les foudres de tante Rebecca et le refus catégorique de mon père, il ne me restait qu'une issue. Le seul métier réservé aux femmes qui ne poserait pas de problème et même forcerait leur admiration était celui d'infirmière. Infirmière sur les traces de la femme la plus vénérée d'Angleterre : la grande Florence Nightingale, l'ange de la guerre de Crimée qui avait sauvé la vie de tant de jeunes soldats. Celle que le roi avait décorée de l'Ordre du mérite et qui venait de mourir, pleurée par l'ensemble de la nation.

Je ne m'étais pas trompée. Sitôt prononcé le nom de Nightingale, toutes les objections tombèrent comme par magie.

M. Kenward hocha la tête et Rebecca concéda :

— Certes, je dois avouer que la Nightingale Training School and Home for Nurses de l'hôpital Saint-Thomas est une institution des plus respectables qui accueille les jeunes filles des meilleures familles. Elle impose même, pour la sélection de ses pensionnaires, des critères de moralité si élevés que je me demande, ma pauvre enfant, si elle vous accepterait…

Cette remarque désobligeante eut un effet inattendu. Elle piqua au vif mon cher père qui se crut aussitôt obligé de défendre à la fois sa fille et l'honneur de la famille.

— Mabel est peut-être un peu follette, mais elle est douée. Je ne vois pas pourquoi on la jugerait indigne de servir son pays ni pourquoi on refuserait sa candidature !

Je rentrai donc à l'école d'infirmières. Une école à la discipline presque militaire où j'appris la rigueur et le dévouement sans borne à la cause de l'humanité souffrante. Je sortais peu. Je lisais beaucoup. Il m'arrivait d'aller au British Museum et, chaque fois que je passais devant la vitrine où l'on avait cru bon d'exposer le fameux crâne de l'homme de Piltdown, je ne pouvais m'empêcher de sourire en entendant les commentaires des visiteurs :

— On dit que c'est l'homme le plus vieux du monde… Il a vraiment un air terrible. Je n'aimerais pas être assis à côté de lui dans le métro.

118

Nous étions au printemps de 1914. La vie à Londres était insouciante. Pourtant, de sombres nuages s'accumulaient au-dessus de l'Europe. Mais personne ne pouvait se douter que c'était la fin de cette Belle Époque et que, dans quelques semaines, un jeune Serbe fanatique de Sarajevo déchargerait son revolver sur un archiduc autrichien et déclencherait la Grande Guerre.

Il faisait si beau. C'était si agréable de flâner dans Oxford Street ou à Piccadily Circus avec tous ces charmants garçons qui vous souriaient en soulevant leur chapeau. Qui aurait pu imaginer que, quelques mois plus tard, ils allaient mourir dans la boue des tranchées sur le sol de France!

J'étais une étudiante plutôt talentueuse. Prendre le pouls des malades, faire une injection, poser un cathéter, autant de petites tâches qui n'eurent bientôt plus de secret pour moi, si bien que certains médecins remarquèrent *mon esprit vif et ma soif de m'instruire*.

Ce fut le cas, en particulier, d'Arthur Keith, un brillant professeur, membre du collège royal des chirurgiens, qui venait bénévolement donner des cours d'anatomie aux jeunes infirmières.

Or, il se trouvait que celui-ci se passionnait également pour la paléontologie et qu'il avait suivi depuis le début l'affaire de l'Homme de l'aube. Un jour, nous abordâmes le sujet. Il me confia alors qu'il avait été personnellement un défenseur enthousiaste de l'authenticité de ce dernier avant de rejoindre ceux qui, depuis plusieurs mois, commençaient à douter. En effet, plusieurs savants cherchaient en vain sur quelle branche de l'arbre généalogique de l'humanité situer une aussi déroutante créature[42].

Arthur Keith aimait bien discuter avec moi après les cours.

— Ainsi, mademoiselle Kenward, vous avez connu le sorcier du Sussex, ce Charles Dawson, le père de l'homme de Piltdown. Un drôle de type, vous ne trouvez pas ? Je l'ai déjà rencontré. Un esprit plutôt brouillon. Aucune méthode.

— Oui, il aime beaucoup faire parler de lui. Ma tante l'admire énormément et il passait prendre le thé chez nous tous les dimanches.

---

42. Plusieurs points intriguèrent les chercheurs. Par exemple, la région de Piltdown ne recelait aucun dépôt géologique datant du pliocène, époque à laquelle remontait supposément le fossile. En outre, la différence d'épaisseur entre le crâne et la mâchoire n'avait jamais été constatée ailleurs chez les primates. Enfin, l'état de la dentition éveilla de sérieux doutes, car sous la patine, la dentine des molaires et des canines était restée blanche comme sur des dents récentes. Plus tard, l'examen au microscope de celles-ci révéla des traces de limage imitant l'usure naturelle.

— Tous les dimanches ! Pauvre de vous. Moi, je ne l'aurais pas supporté. Quel imbuvable m'as-tu-vu ! Savez-vous, parfois, je me demande si ce bonhomme n'est pas simplement un imposteur et si son *eoanthropus* n'est pas qu'une bonne blague destinée à tester notre crédulité de scientifique. Au fait, vous savez qu'il n'est pas en très bonne santé.

— Ah bon ?

Au cours de ces conversations, plus d'une fois je fus tentée d'avouer mon forfait à cet enseignant si attachant. Mais j'hésitais. Passer pour une joueuse de tour n'était pas sans danger. Ne courrais-je pas le risque qu'on voie en moi une délinquante incapable d'assumer ses futures responsabilités de soignante… ?

Et puis en juillet, des événements autrement plus tragiques reléguèrent toutes ces préoccupations au second plan. La guerre venait d'éclater. Les premiers blessés arrivèrent à l'hôpital. Les rues étaient pavoisées d'Union-Jacks. Nos troupes allaient écraser celles du kaiser. Elles seraient à Berlin avant Noël. Les gares étaient remplies de soldats qui embarquaient en chantant pour le continent. J'avais l'impression de vivre si intensément que plus rien n'avait d'importance à part mon travail.

Puis les mauvaises nouvelles commencèrent à tomber. La guerre serait plus longue que prévu. Notre armée, clouée au sol, subissait de lourdes pertes. On avait besoin d'hôpitaux de campagne et d'infirmières sur le front. Le docteur Keith me demanda si je voulais l'accompagner.

J'acceptai.

Inutile de dire que l'affaire de l'homme de Piltdown et des ossements enterrés avec la complicité de Pierre était pour moi presque oubliée. Mais le destin fait souvent preuve d'un entêtement incompréhensible.

En effet, alors que je passais le plus clair de mon temps à soigner des malheureux atrocement mutilés, ladite affaire revint encore une fois me hanter et attiser mes remords tardifs.

Cela se produisit presque par hasard, plus précisément à l'été de 1915. J'étais dans le bloc opératoire d'un hôpital de fortune installé au milieu des ruines d'un village français et j'assistais Arthur Keith qui était en train d'opérer un soldat blessé à la poitrine par un shrapnel. Le chirurgien, sans doute pour oublier l'horreur de la situation, avait l'habitude de bavarder tout en travaillant. Moi, je me contentais de l'écouter tout en lui passant le bistouri et les compresses. Ce jour-là, le médecin était en grande forme :

122

— Toujours aussi jolie, mademoiselle Kenward! Avez-vous des nouvelles de votre famille? Au fait, vous êtes au courant que notre cher Dawson est à nouveau sur la sellette. Tenez-vous bien, il paraîtrait qu'il vient d'exhumer un second squelette. Un Piltdown numéro 2, en quelque sorte. Qu'en pensez-vous?

Je restai muette de surprise et manquai d'échapper la pince que me réclamait mon supérieur.

N'ayant nullement conscience du trouble qu'il venait de provoquer, Keith poursuivit:

— Selon moi, cette découverte providentielle prouve hors de tout doute que ce Dawson est un parfait fumiste. Vous avez une idée du taux de probabilité qu'un chercheur découvre, par hasard, DEUX fossiles d'homidés presque au même endroit?

Sous mon masque, j'avais eu le temps de recouvrer quelque peu mes esprits et, d'une voix aussi naturelle que possible, je lui avouai mon ignorance.

— Aucune idée, docteur.

— À peu près autant de chances que de trouver un aéroplane dans la crypte d'une église élisabéthaine… Voilà, c'est terminé. Il n'y a plus qu'à recoudre. Je pense que ce petit gars va s'en tirer. Il est jeune.

Le soir même j'écrivis à Pierre. Je savais qu'il était ambulancier quelque part sur le front. J'avais son adresse en Auvergne. Sa famille ferait suivre mon courrier. Je lui racontai mon quotidien et, à la fin de ma lettre, je lui exprimai mes inquiétudes quant à l'affaire de Piltdown.

> *Vous ne croyez pas que si Dawson a «découvert» un deuxième fossile, c'est qu'il a réalisé qu'il s'est fait duper avec le premier et qu'au lieu d'avouer avoir été la victime d'un coup monté, il a préféré fabriquer à son tour un second faux pour sauver son* eoanthropus *en prouvant aux sceptiques toujours plus nombreux que son homme préhistorique n'était pas un individu unique et aberrant, mais bien le représentant probable de toute une lignée solidement établie sur le sol de l'Angleterre?*

> *Dans ces circonstances, je pense qu'il faut arrêter cette mascarade et dénoncer la fraude sur la place publique…*

Quelques mois plus tard, je reçus une réponse de Guiguite, la sœur de Pierre. Elle m'apprenait que son frère était caporal-brancardier dans un régiment colonial formé de zouaves nord-africains. Une troupe de choc pour ne pas dire de la chair à canon qui avait d'abord combattu à Ypres et avait été décimée au cours d'une attaque au gaz moutarde avant de perdre plus de la moitié de ses effectifs en Artois. Les rescapés de cette hécatombe avaient passé l'hiver à geler au bord d'un canal au milieu de la plaine glacée des Flandres en attendant que leurs rangs soient reconstitués. Aux dernières nouvelles, Pierre venait de monter en ligne à Verdun. Il se trouvait sur la rive gauche de la Meuse. Guiguite ne pouvait dire l'endroit exact à cause de la censure militaire. Depuis elle ne savait rien. On parlait dans les journaux d'une attaque sanglante contre le fort de Douaumont… Elle était très inquiète…

Vous savez, ajoutait-elle, mon frère a bien changé. Durant ses rares permissions, il nous parle peu. On dirait qu'il ne vit plus dans le même univers que nous. Il a vu des hommes gazés mourir sous ses yeux, les poumons brûlés. Il a dû aller chercher des blessés qui agonisaient, crucifiés au milieu des barbelés. Mille autres horreurs. On lui a proposé le poste d'aumônier à l'arrière. Il a refusé pour pouvoir rester au milieu de ses hommes[43]. Avoir de vos nouvelles lui fera du bien. La dernière fois que je l'ai vu, il m'a dit combien il tenait à vous et quel beau souvenir il conservait de son séjour dans le Sussex. Je lui transmets donc votre lettre…

Quelques semaines plus tard, effectivement, le vaguemestre de notre secteur me remit une enveloppe à mon nom.

---

43. Teilhard de Chardin fut décoré de la croix de guerre pour bravoure et fut plus tard décoré de la légion d'honneur à la demande des soldats de son propre régiment.

Pendant que je la décachetais, des Tommies qui défilaient devant ma tente marquée d'une croix rouge me saluèrent en soulevant leur casque et en m'adressant des blagues polissonnes. L'un d'eux me lança :

— Une lettre de votre amoureux, miss ?

Je lui fis signe que non. Il m'envoya un baiser de la main et entonna un chant irlandais que les autres reprirent après lui.

Pierre m'y écrivait de sa plume fiévreuse :

Ma chère Mabel,

Je suis heureux de vous savoir à la fois si près et si loin de moi. Je sais que, comme moi, vous vivez des heures difficiles. Conséquemment, je trouve tout à fait admirable qu'en ces temps terribles vous vous préoccupiez encore de cette histoire de faux restes fossilisés. Que Charles Dawson soit un imposteur, cela ne fait aucun doute dans mon esprit. Mais, à vrai dire, je plains ce pauvre homme qui attache encore de l'importance à sa petite gloire personnelle alors qu'autour de lui le monde est à feu et à sang.

Quant à moi, je me sens bien loin de tout ça. La guerre a changé tant de choses. Elle vous changera aussi, vous verrez. Si nous ne voulons pas que cette monstrueuse machine nous réduise au désespoir et au doute total, il est impératif qu'elle provoque chez chacun

d'entre nous un dépassement de soi,
qu'elle nous mène, d'une certaine façon,
à la frontière d'une nouvelle terre
promise…

Je dus interrompre ma lecture à cause d'une marmite[44] qui tomba tout près et m'attira les remontrances du docteur Keith :

— Bon Dieu, Mabel, que faites-vous là ? Vous voulez vous faire tuer ? Bon sang ! Mettez-vous à l'abri ! Et votre masque à gaz, où est-il ?

Quand le calme revint je sortis à nouveau la lettre de la poche de mon tablier et en repris la lecture.

… En effet, cette tuerie apparem-
ment absurde peut malgré tout nous
apporter quelque chose de positif.
Au-delà du cloaque dans lequel nous
pataugeons, au-delà de la boucherie
inutile à laquelle nous assistons impuis-
sants, la guerre nous fait réaliser que
plus rien de notre ancienne vie n'a
désormais d'importance. En ce sens,
elle nous libère. Santé, famille, succès,
projets d'avenir, tout cela nous glisse
de l'âme comme un vieux vêtement.
La guerre nous force à élargir notre
vision et nous transforme en pèlerins de
l'absolu en nous menant à Dieu, ce
centre où tout se tient.

---

44. Obus de gros calibre.

Bien sûr, cette monstruosité est en train de précipiter l'effondrement de notre civilisation, mais il ne faut pas croire pour autant qu'elle marque la banqueroute du progrès. L'histoire universelle, au contraire, démontre qu'après chaque révolution et chaque guerre, l'humanité est apparue plus cohérente, plus unie dans l'attente d'une commune libération...

C'est cette idée qui me soutient et me permet de conserver ma foi en Dieu.

Plus surprenant encore, je suis certain que lorsque la paix sera revenue, tous ceux qui, comme vous et moi, auront survécu à cet enfer ne seront plus les mêmes. Je suis intimement persuadé que non seulement tous ces hommes et ces femmes refuseront de reprendre sur leurs épaules le fardeau des conventions sociales et de leur vie routinière, mais encore qu'ils garderont probablement la nostalgie de cette époque de camaraderie durant laquelle toute barrière de classes était effacée. Comme ceux qui ont souffert de la soif ou du froid ne peuvent oublier le désert et la banquise, ceux qui ont vécu ce carnage insensé en sortiront grandis et plus sages[45].

---

45. Une partie des éléments de cette lettre est puisée dans le texte de Teilhard de Chardin intitulé *Nostalgie du front*, publié dans *Écrits du temps de la guerre* (1916-1919), Grasset, 1965, p. 173-184.

*C'est ce que je vous souhaite, ma
chère Mabel. C'est ce que je me souhaite, à moi aussi.*

*Votre fidèle ami,
Pierre*

Je repliai soigneusement le feuillet. Pierre
avait raison. Plus rien ne valait qu'on se fasse
du souci ou qu'on éprouve des remords. Je
devais considérer cette vieille histoire à sa
juste valeur : un épisode dérisoire de mon
existence illustrant uniquement l'étroitesse
d'esprit de certains personnages croisés au
cours de ma jeunesse. Des gens comme le
notaire de Lewes qui, même au beau milieu
d'une tragédie nationale, ne pensaient qu'à
préserver le confort de leur petit univers
égoïste. Pierre avait trouvé les mots exacts.
Charles Dawson faisait pitié et je me devais
de l'oublier.

Or, curieux effet du hasard, j'en étais à
ce stade de réflexion, quand le docteur Keith
m'apporta, sans le vouloir, juste ce dont j'avais
besoin pour effacer à jamais de ma mémoire
le souvenir du «sorcier du Sussex».

Le chirurgien était en train de se brosser
soigneusement les mains avant d'amputer un
blessé, lorsqu'il m'annonça sur le ton badin
auquel j'avais fini par m'habituer :

— Au fait, miss Kenward, savez-vous que
ce fieffé menteur de Dawson vient de mourir ?

Une fin digne de lui. Un simple mal de dent, une pyorrhée alvéolaire, qui a viré en septi-cémie. Paix à son âme !

Je poussai un soupir qui le fit se retourner.

— Ne me dites pas que la disparition de ce joyeux farceur vous attriste !

10

L'enfer
de la Somme

À la fin du mois de juin 1916, je fus transférée dans un poste de secours, juste à l'arrière du front de la Somme. Je n'avais jamais été aussi près du feu.

Le bruit des canons qui bombardaient les lignes allemandes était assourdissant. Même la nuit, il ne faiblissait pas et, dès qu'une fusée éclairait le ciel, l'avalanche de fer reprenait.

Je n'arrivais pas à dormir.

Des camions déversaient sans relâche leur chargement de munitions. Dans le ciel flottaient des saucisses géantes[46] et, de temps en temps, un avion de chasse passait en rase-motte au-dessus de nos têtes, salué par les hourras des soldats. L'activité était intense. De

___
46. Ballons stationnaires servant de barrage contre les avions.

nouvelles tranchées et des boyaux étaient creusés. Des lignes téléphoniques étaient installées et des troupes fraîches, cornemuses en tête, débarquaient sans cesse en renfort. Elles croisaient parfois, l'air inquiet, celles revenant du feu qui marchaient en silence comme un troupeau de spectres enveloppés dans des capotes raidies par la boue. Puis, elles se remettaient à rire et à chanter. Ils étaient très jeunes. La plupart, des volontaires. Surtout des Britanniques, mais aussi des coloniaux : des Canadiens, des Indiens. On avait vent qu'une offensive décisive se préparait.

Le docteur Keith, que je continuais d'assister, disait qu'un million et demi d'obus avaient été tirés depuis une semaine entre Péronne et Bapaume. Je le croyais. D'où j'étais, j'entendais le grondement grandissant des pièces d'artillerie. Le ciel gris et bas était éclairé au loin de brusques éclats de lumière rouge et l'air était rempli d'une odeur âcre. Parfois, une explosion plus forte que les autres soulevait une gerbe énorme de terre qui retombait comme une vague se brisant sur les rochers. La terre tremblait et, même s'il n'y avait pas de vent, les feuilles des arbres étaient agitées par le souffle puissant de cet ouragan de feu.

L'attaque devait être imminente car, sous la grande tente qui nous servait d'hôpital de fortune, des dizaines de lits de camp avaient été installés.

Je regardai la montre que je portais en médaillon autour du cou. Il était 7 h 30 précises.

Tout à coup, un puissant cri sortit simultanément de dizaines de milliers de gorges. L'assaut était lancé. La canonnade redoubla, entrecoupée de détonations et du crépitement des fusils.

Je fermai les yeux.

— Mon Dieu…

Au bout de quelques minutes seulement les premiers blessés transportés par les brancardiers commencèrent à affluer. Les malheureux avaient à peine eu le temps de sortir de leurs tranchées. Hachés par les mitrailleuses, membres arrachés, éventrés par les éclats d'obus, ils saignaient, ils gémissaient, ils vomissaient.

Je courais d'un brancard à l'autre en faisant ce qu'il fallait pour arrêter une hémorragie ou soulager la douleur. Dans l'urgence, je devais donner cent ordres et répondre à mille questions. Je rassurais d'une voix douce ceux qui hurlaient de peur et de douleur. J'épongeais des fronts brûlant de fièvre. Je bandais des moignons. Je vidais des cuvettes. Bientôt mon tablier blanc et ma coiffe furent maculés de sang.

Le chirurgien m'appela. Il était débordé lui aussi. On venait de lui amener un jeune lieutenant touché au ventre. Peu de chances de le sauver.

Je préparai en hâte les champs, la gaze, les écarteurs. Il fallait faire vite. Le blessé râla un nom qui me fit sursauter. Je m'approchai de la table d'opération.

Le malheureux était livide. Il avait sombré dans l'inconscience et on aurait dit qu'il dormait.

À peine l'eus-je dévisagé, qu'un cri m'échappa. Je mis la main devant ma bouche.

— Vous le connaissez ? s'étonna le médecin.

Je balbutiai :

— Oui, un vieil ami…

C'était Cyril Woodward.

Le docteur se pencha sur lui et, de la main droite, lui enserra le cou pour vérifier s'il vivait encore. Il haussa les épaules, découragé.

— Trop tard. Il est mort. Vous allez tenir le coup, miss Kenward ? Voulez-vous que je vous fasse remplacer ?

Les yeux embués de larmes, je lui fis signe que non.

Le soir de cette journée funeste, une jeune infirmière m'apporta une boîte qui contenait les effets personnels du lieutenant Woodward. Elle m'aborda avec une certaine gêne.

— Je sais que tout ce qui était dans les poches de ce soldat revient de droit à sa famille, mais j'ai trouvé ça dans ses affaires. Je pense que vous aimeriez l'avoir.

Elle me tendit un cliché froissé. Une photo de moi, souriante, sur la plage de Brighton…

Le lendemain, j'appris de la bouche du docteur Keith que vingt mille soldats étaient tombés le même jour que Cyril et qu'à la fin de cette offensive désastreuse, ce fut la perte de quatre cent mille tués et blessés que mon pays pleura.

L'hécatombe dura encore deux années puis, après l'euphorique 11 novembre 1918, après les embrassades, les confettis, les chants patriotiques, les danses dans les rues pour célébrer la victoire, la guerre ne fut bientôt plus qu'un lointain cauchemar que chacun s'efforça d'oublier. Plusieurs années passèrent. J'avais l'impression que plus je vieillissais, plus le temps s'enfuyait rapidement.

J'avais dit adieu à mes vingt ans.

Toujours infirmière, j'avais quitté Londres pour m'installer à Lewes, pas très loin de Barkham Manor, afin de pouvoir prendre soin de mon vieux père paralysé qui ne quittait plus son fauteuil roulant depuis la mort de tante Rebecca, l'année précédente. Presque tous les anciens invités du manoir avaient d'ailleurs disparu : M. Wilcox, M. Woodward père, Cyril…

Comme Pierre l'avait prédit, le monde avait bien changé. Les filles s'habillaient et se coiffaient à la garçonne. Elles conduisaient leur propre automobile. La Grande Guerre, en leur ouvrant la porte des usines et de toutes sortes de métiers, avait émancipé nombre d'entre elles. Mais le prix à payer avait été particulièrement lourd, et beaucoup de rescapés de ces années d'horreur essayaient de s'étourdir dans les danses modernes et la musique de jazz. C'était, comme on disait, les « années folles » !

Parfois, je me surprenais à tenir des discours qui ressemblaient à ceux de tante Rebecca en dénonçant l'insouciance et les excentricités de cette jeunesse trop heureuse de vivre et en déplorant le fait que, bientôt, seuls les monuments aux morts se souviendraient encore des noms de ceux qui étaient tombés au champ d'honneur.

Je m'intéressais toujours à la paléontologie. Mais désormais, après ce que j'avais vécu sous les toiles de tentes de la Somme et des Flandres, toutes ces querelles byzantines de spécialistes à propos des origines de l'homme m'amusaient plus qu'elles ne me passionnaient.

Pierre était en Chine. Il m'envoyait régulièrement des cartes postales ou de petits mots m'exposant l'essentiel de ses dernières recherches.

Je lui répondais en me moquant un peu de lui.

> *Vous autres, les savants, êtes un peu comme des enfants : eoanthropus, pithécanthrope, sinanthrope, austrolopithèque[47], chacun d'entre vous a son candidat dans la course du plus lointain ancêtre et toutes ces sempiternelles querelles à coups d'articles de revues et de conférences savantes ressemblent fort à des chicanes de cour d'école : « Mon singe est plus vieux que le tien ! Oui, mais mon singe est déjà un homme tandis que ton homme à toi est encore un singe ! La-lalère !*
>
> *Au fait, savez-vous que pas un de ces messieurs ne s'est encore rendu compte que notre fameux homme de*

---

47. L'Australopithèque découvert en 1924 avait les caractéristiques inverses de l'homme de Piltdown et démontrait que c'est la forme de la mâchoire qui prime dans le processus d'humanisation des primates. Cela força les derniers défenseurs de l'*eoanthropus*, comme Woodward, à proposer la thèse de deux lignées distinctes, l'une comprenant l'Australopithèque, l'homme de Java, l'homme de Pékin, l'homme de Neandertal et l'autre, l'homme de Piltdown, quasiment tout seul.

Piltdown n'était qu'un vulgaire canular, si bien que son fameux crâne trône toujours dans une des vitrines du British Museum. Vous ne me croyez pas? Si, si! Je vous l'assure. Même qu'on peut lire sur l'étiquette:

EOANTHROPUS DAWSONI
ou HOMME DE PILTDOWN
LE PLUS VIEIL ANGLAIS
Autour de 500 000 ans

Amusant, n'est-ce pas? Et dire que je me suis fait un sang de nègre, autrefois, à l'idée que notre petite blague allait nous attirer bien des ennuis. Aucun risque. Ah! Elle est belle votre science! Quand donc un chercheur un peu plus futé que les autres révélera-t-il enfin la vérité?

Pierre Teilhard de Chardin me répondait invariablement qu'il fallait laisser le temps faire son œuvre et, à mots couverts, il terminait inéluctablement en me suppliant de ne rien ébruiter de sa participation à la chose.

Je le lui promettais de bonne grâce. Je savais trop bien que mon vieil ami était devenu maintenant un monsieur très en vue qui à un moment fouillait le désert de Gobi, et à un autre faisait la une des journaux du monde entier à la suite de sa sensationnelle découverte de l'homme de Pékin. Quand on ne vantait pas son esprit d'aventure pour avoir participé au fameux raid de la Croisière jaune[48], on racontait de façon admirative ses expéditions aux Indes, en Birmanie, dans l'île de Java ou en Afrique australe. Un jour il était à Paris, le lendemain à New York. Pierre était à présent un homme célèbre. Il publiait des livres que je m'efforçais de lire même si je me perdais un peu dans les idées audacieuses qui y étaient développées et qui lui valaient les foudres du Saint-Office. Réconcilier la foi et la science. Donner au Christ une dimension cosmique. Imaginer l'évolution comme une lente spiritualisation de la matière dont l'homme serait la clé et l'aboutissement… Tout cela me semblait bien compliqué.

Je regrettais presque le bon vieux temps où nous nous promenions ensemble sur les chemins fleuris du Sussex. L'époque où, enfant naïve et facile à émerveiller, j'imaginais de monstrueux iguanodons en train de brouter la cime des arbres au beau milieu du parc de Barkham Manor.

---

48. Célèbre raid automobile (1931-1932) de 30 000 km effectué à bord d'autochenilles Citroën. Il visait à rouvrir la légendaire route de la soie. Teilhard de Chardin joignit une des deux équipes à titre de géologue.

11
La vérité
enfin révélée

Je suis maintenant retraitée et, à plus de soixante ans, quand je me remémore les événements heureux ou pénibles de mon existence ressurgissent de mon passé des foules de visages sans nom. Ceux des milliers de malades que j'ai soignés. Je revois le temps de la grippe espagnole… les sanatoriums… les femmes des taudis de Londres que j'aidais à accoucher… les épreuves de la guerre à nouveau… les bombardements… ces jeunes pilotes de la bataille d'Angleterre qui arrivaient à l'hôpital le visage atrocement brûlé et qui avaient encore le courage de flirter avec moi… les adolescents de la polio[49] prisonniers de

---

49. La poliomyélite : maladie de la moelle épinière due à un virus. Elle causa une épidémie de paralysie dans les années 1940-1950.

leur poumon d'acier… Tous étaient un peu mes enfants.

Je ne regrette rien. Ni de ne pas m'être mariée. Ni mes longues heures d'études. Une vie de femme LIBRE.

Depuis 1953, je vis à Barkham Manor avec pour seul compagnon un bichon qui ne quitte pas mes bras.

C'est moi qui, maintenant, reçois pour le thé le vicaire de Uckfield et les membres distingués de la Société archéologique du Sussex dont je suis devenue la respectée présidente. Car je n'ai pas cessé de m'intéresser à la paléontologie et d'enrichir ma collection personnelle de silex et d'outils primitifs que je glane à droite et à gauche sur les chantiers d'amateur auxquels je participe.

Les réunions se tiennent chez moi.

Aujourd'hui, justement, le sujet à l'ordre du jour me touche tout particulièrement : la Société enverra-t-elle une couronne de fleurs et un représentant pour célébrer le quarantième anniversaire de l'homme de Piltdown ? La cérémonie doit avoir lieu non loin du manoir, à l'emplacement même de la découverte où s'élève déjà depuis cinq ans une stèle en grès du Yorkshire sur laquelle est gravée une inscription qui, lorsque je passe devant, tantôt me fait sourire, tantôt m'agace au plus haut point :

M. CHARLES DAWSON
a trouvé ici le crâne fossile
de l'homme de Piltdown
1912-1913

Ironie du sort : on a pensé à moi pour rendre hommage au notaire défunt, sous prétexte que je suis la seule à l'avoir bien connu. Évidemment, je me suis objectée farouchement à cette idée…

Ça s'est passé hier après-midi.

J'ai ouvert la séance en déclarant tout de go :

— Je ne suis pas certaine que ce monsieur Dawson mérite les honneurs qu'on lui réserve. Vous êtes au courant, comme moi, des fâcheuses rumeurs qui courent à propos de l'Homme de l'aube.

— Vous voulez parler des essais de datation par la teneur en fluor effectués par Kenneth Oakley[50], a précisé un de mes invités, un tout jeune homme qui ressemble à Pierre du temps de sa jeunesse.

— Oui, ces tests tendraient à prouver que ces fossiles sont moins anciens qu'on le pensait et puis, je dois l'avouer, il y a pire…

---

50. Kenneth Oakley, du département de paléontologie du British Museum, commença à mettre en doute l'ancienneté de l'homme de Piltdown en soumettant les ossements à des tests à la fluorine.

Un instant, j'ai songé à carrément con-
fesser la faute qui me pèse toujours un peu
sur la conscience, mais le jeune membre de
notre société, dont j'ignore le nom, est inter-
venu juste à propos, ce qui m'a ôté toute
raison de dévoiler mon secret.

— Oui, vous avez raison, il y a pire. Les
experts du British Museum, où mon cousin
travaille, ont refait ces tests avec plus de pré-
cision et il semble évident que les os de l'*eoanthropus* sont des faux grossiers. Les molaires,
notamment, sont des dents de singe qui ont
été limées pour contrefaire la surface masti-
catoire propre à la dentition humaine. Quant
à la mâchoire, il s'agirait d'une mandibule de
chimpanzé ou d'orang-outan qui aurait été
colorée au sulfate de fer ou au bichromate
de potassium, un produit utilisé en photo-
graphie pour la sensibilisation des papiers et
des bains de blanchiment. Or, ce monsieur
Dawson développait lui-même ses photos,
n'est-ce pas, miss Kenward?

J'ai lâchement acquiescé.

— Il s'agirait donc d'un vulgaire frau-
deur[51]! s'est exclamé le nouveau vicaire
d'Uckfield. Et dire que nous songions à dresser
un mémorial à la gloire de cet imposteur.

---

51. La preuve définitive de la fraude fut établie seulement
en 1959 grâce à la nouvelle technique de datation au
carbone 14.

Sans compter que les habitants de Lewes projetaient de transformer sa maison en musée. C'est terrible! Nous avions même commencé à répertorier les livres et publications consacrés à cet homme et à sa découverte. Au moins cinq cents titres!

Stimulé par le succès inespéré de son intervention, le jeune archéologue n'a pas voulu en rester là et il a repris aussitôt la parole pour clouer définitivement le cercueil du défunt notaire et consommer en même temps l'inéluctable déchéance du plus célèbre fossile au monde.

— Croyez-moi, il est clair que notre Société ne doit à aucun prix s'associer avec cette cérémonie commémorative, car j'ai une dernière confidence à vous faire. J'ai su, toujours par mon cousin, que les experts de Londres s'apprêtent à révéler officiellement dans le prochain bulletin du Musée que l'*eoanthropus* est l'œuvre d'un faussaire de génie. Les conclusions de l'enquête sont déjà sous presse et le crâne exposé a été retiré avant-hier de sa vitrine. On dit, par ailleurs, que les membres du conseil d'administration de cette prestigieuse institution sont fort embarrassés.

Un peu gênée, j'ai ajouté, juste pour détendre l'atmosphère :

— Oui, oui! J'ai lu dans le *Times* que sir Winston Churchill, qui est membre de cette institution, avait décidé qu'il valait mieux en rire. Il aurait déclaré qu'on n'allait tout de même pas se scandaliser pour un tas de vieux os et que, de toute manière, si cet homme préhistorique avait des problème de molaires, il faudrait au moins apporter en preuve la facture de son dentiste.

Tout le monde a ri.

Mais le vicaire, qui avait jusqu'ici écouté avec un brin d'impatience l'intervention de son jeune collègue, a tenu lui aussi à provoquer son petit effet et surtout à avoir le dernier mot.

— Et dire que mon prédécesseur portait aux nues ce Dawson. Il disait que l'Homme de l'aube était la plus grande découverte du siècle, celle qui prouvait que le vieil Adam ne pouvait être qu'un Européen de race blanche et un Anglais de surcroît[52]. C'était une idée rassurante quand on pense que certains soutiennent depuis peu que le plus ancien fossile d'*Homo pré-sapiens* viendra sans doute d'Afrique. Le squelette d'un Noir comme

---

52. La polémique de l'homme de Piltdown se doubla effectivement d'une controverse à tendance raciste. Beaucoup argumentaient que le volume exceptionnel du crâne d'*eoanthropus* prouvait la supériorité de l'homme blanc par rapport aux autres fossiles africains ou asiatiques. L'homme de Pékin, par exemple, avait un volume crânien d'un tiers plus petit.

ancêtre de l'humanité ! Vous vous rendez compte !

Encore une fois, je n'ai pas pu m'empêcher d'ajouter mon grain de sel.

— Et qui sait, peut-être que ce sera celui d'une femme[53] pendant qu'on y est...

Mes invités sont restés bouche bée.

J'ai pris ma théière. Ma main tremblait un peu.

— Encore un peu de thé, messieurs ?

---

53. Pendant longtemps, l'ancêtre de l'humanité sera effectivement une jeune Austrolopithèque *A. afarensis*, baptisée Lucy, découverte en 1974 dans une vallée d'Éthiopie. Vieille de 3,2 millions d'années, Lucy, qui mesurait à peine 1,10 mètre et pesait 25 kilos, fut aussi surnommée l'Ève noire et devint une sorte de vedette internationale.

L'Homme de l'aube

Les lieux et l'époque

1. L'action du livre que vous venez de lire se situe en Grande-Bretagne, en Angleterre, dans le Sussex.

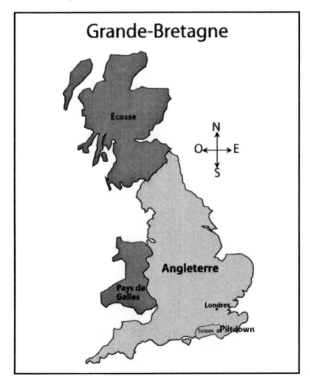

Grande-Bretagne

DONNÉES GÉNÉRALES

Le Sussex est un comté situé au sud de Londres et au bord de la Manche. Depuis 1974, cette région est divisée en deux : l'East Sussex (1795 km^2 pour un total de 492 324 habitants) et le West Sussex (2016 km^2 pour un total de 753 612 habitants). Il s'agit du « jardin de l'Angleterre ».

L'Angleterre est la partie méridionale et centrale de la Grande-Bretagne. Celle-ci regroupe l'Angleterre, l'Écosse et le pays de Galles.

La Grande-Bretagne compte également plusieurs territoires outre-mer : Anguilla, les Bermudes, les îles Vierges britanniques, les îles Caïmans, Gibraltar, les îles Malouines, Montserrat, les îles Pitcairn, Sainte-Hélène, les îles Turks et Caïcos. À ceci s'ajoutent certains territoires inhabités de l'Antarctique et de l'océan Indien en plus de la Géorgie-du-Sud et des îles Sandwich-du-Sud.

La Grande-Bretagne fait partie du Commonwealth qui regroupe 54 pays partageant une même tradition juridique et politique ainsi que certains idéaux dont la démocratie, les droits de l'homme, la défense de l'environnement... La reine Élisabeth II est chef du Commonwealth.

Elle est également le chef d'État de 16 des pays membres de cette organisation, dont Antigua, le Canada, le Bélize, Grenade, la Jamaïque, la Nouvelle-Zélande…

La population

La Grande-Bretagne compte environ 60 millions d'habitants ; la très grande majorité habite l'Angleterre (environ 50 millions d'habitants).

Entre les années 1950 et 1960, l'Angleterre a reçu beaucoup d'immigrants en provenance de ses anciennes colonies. Actuellement, les principales minorités ethniques qui s'y retrouvent proviennent des Antilles, de l'Afrique, de l'Inde, du Pakistan et du Bangladesh.

La religion

La Grande-Bretagne est à la fois catholique et anglicane. L'Écosse, cependant, est presbytérienne alors que l'Irlande du Nord est à la fois protestante et catholique. Enfin, le pays de Galles est plutôt méthodiste et baptiste.

Par ailleurs, il faut mentionner que la Grande-Bretagne possède environ 1000 mosquées. On calcule qu'environ 2 000 000 de personnes y sont de confession musulmane.

La langue

La langue officielle de la Grande-Bretagne est l'anglais.

Toutefois, on y a longtemps parlé différentes langues celtes dont le gallois (pays de Galles), le gaélique (Écosse et Irlande) et le scots (Écosse). L'usage de ces langues tend malheureusement à disparaître. Reste que des mesures ont été prises afin de les préserver. Ainsi, au pays de Galles, le gallois est désormais enseigné à tous les élèves de 5 à 16 ans. Le gaélique est également enseigné en Irlande du Nord et en République d'Irlande.

La politique

En théorie, la reine Élisabeth II est le chef suprême du pouvoir exécutif. En pratique, le pouvoir est exercé par des ministres élus et responsables devant le Parlement. Il demeure que ces ministres agissent au nom de la reine.

La loi

La Grande-Bretagne est connue pour sa très longue tradition de «common law» qui remonte à Guillaume le Conquérant.

Il s'agit d'une façon d'exercer le droit sans code de lois écrit et rigide. Ainsi la Grande-Bretagne, contrairement à la

France, n'a pas de véritable Code pénal et encore moins de Code civil.

En effet, au lieu de se baser sur une interprétation littérale de textes de lois, la «common law» se fonde sur la jurisprudence. Ce sont les jugements rendus par les juges qui ont force de lois.

L'économie

La Grande-Bretagne est très dynamique et son économie est l'une des plus prospères d'Europe.

Elle peut compter sur de nombreuses richesses naturelles tels le charbon, le gaz naturel et le pétrole. La BP (British Petroleum) est une de ses industries les plus importantes.

Cette nation a également fortement développé son industrie pharmaceutique. Elle est le troisième plus grand exportateur mondial de médicaments et se place au deuxième rang en ce qui concerne la recherche et les découvertes dans ce domaine.

L'économie de la Grande-Bretagne repose aussi sur la production de plastiques, de produits et pièces pour l'aérospatiale, de produits et pièces électriques et électroniques. Ses industries sont multiples et misent beaucoup sur l'exportation de produits finis.

Enfin, une partie des revenus de la Grande-Bretagne provient de l'exportation de services de type bancaire, boursier et autres.

2. Le livre que vous venez de lire se déroule au début du XXe siècle. Voici des événements ayant marqué cette époque.

1900	À Paris, exposition universelle. En Grande-Bretagne, Arthur Pearson fonde le *Daily Express*. Les Russes annexent la Mandchourie. En Allemagne, Max Planck formule la théorie des quanta.
1901	Theodore Roosevelt devient le 26e président des États-Unis. En Grande-Bretagne, règne d'Édouard VII.
1902	En Irlande, Arthur Griffith fonde le mouvement nationaliste Sinn Fein signifiant «nous seuls» en gaélique. Aux Antilles, éruption de la montagne Pelée.
1903	Aux États-Unis, Henry Ford fonde la Ford Motor cie. Les frères Wilbur et Orville Wright réalisent leurs premiers vols avec un biplan.

	En Grande-Bretagne, la Women's Social and Political Union est fondée. Début du mouvement des suffragettes.
1904	Les États-Unis rachètent la compagnie Lesseps qui avait construit le canal de Suez. La construction du canal de Panama débute.
	En Allemagne, Hulfsmeyer élabore le principe du radar (*Radio Detection and Ranging*).
	Aux États-Unis, invention du «caterpillar» par Benjamin Holt.
1905	En Allemagne, Albert Einstein commence à travailler sur la théorie de la relativité.
1908	Aux États-Unis, fondation de la General Motors Corporation par William Durant.
1909	Aux États-Unis, Leo Hendrik Baekeland invente la première résine de synthèse: la bakélite.
	Dans l'Arctique, Robert Edwin Peary atteint le pôle Nord.
	En France, Louis Blériot traverse la Manche en avion.
1910	En Grande-Bretagne, mort d'Édouard VII. Son fils, George V, lui succède. Ce dernier renonce à tous ses titres allemands. Création de la dynastie des Windsor.

| 1911 | En Russie, Serge de Diaghilev fonde les Ballets russes.

En Antarctique, Roald Amundsen atteint le pôle Sud. |
| 1912 | Début des guerres balkaniques en Europe.

En Grande-Bretagne les suffragettes se font entendre un peu partout. |
| 1913 | En Suisse, Carl Gustav Jung se fait connaître pour ses travaux en psychologie.

Congrès arabe à Paris. Les Arabes réclament la fin de la tyrannie turque. |
| 1914 | François Ferdinand de Habsbourg, archiduc héritier d'Autriche-Hongrie, est assassiné avec son épouse par un terroriste nationaliste serbe. Début de la Première Guerre mondiale. |
| 1915 | Aux États-Unis, David et Wark Griffith réalisent le film *La naissance d'une nation*. |
| 1916 | En Irlande, jour des «Pâques sanglantes». La Irish Republican Brotherhood déclenche une révolte. Il faudra une semaine de combat pour que l'armée britannique reprenne le contrôle.

En Russie, assassinat de Raspoutine.

En Orient, Hussein ibn Ali se proclame roi des Arabes. Il se révolte |

	contre les Turcs avec l'aide de la Grande-Bretagne. Hussein sera détrôné par Abd el-Aziz III ibn Séoud.
	En France, bataille de Verdun. De février à décembre, les Français y perdront 360 000 hommes et les Allemands 335 000.
	L'Irlande se déclare unilatéralement indépendante.
	Signature du traité Sykes-Picot. L'Angleterre et la France s'entendent sur un éventuel partage du Proche-Orient moyennant la fin de la menace turque.
1917	En Russie, début de la grande révolution. Abdication de Nicolas II.
	Aux États-Unis, naissance du jazz.
	Victoire des Britanniques et des Canadiens à Vimy.
	Lawrence d'Arabie est envoyé au Proche-Orient pour faciliter la révolte arabe contre les Turcs. Avec une poignée d'hommes, il prend le port d'Aqaba.
	Le général Allenby remporte la victoire contre les Turcs en Palestine.
1918	En Russie, guerre civile entre les rouges (communistes) et les blancs (tsaristes).

1918	En Grande-Bretagne, le droit de vote est accordé aux femmes de plus de 30 ans (les hommes peuvent voter à partir de 21 ans).
	Épidémie mondiale de grippe espagnole.
	Chute de l'Empire ottoman.
	En Grande-Bretagne, les députés irlandais appartenant au Sinn Fein se constituent en Parlement irlandais.
1919	Le traité de Versailles met fin à la Première Guerre mondiale.
	Aux États-Unis, le 19e amendement à la Constitution étend la prohibition à l'ensemble du territoire.
	Les œuvres de George Gershwin séduisent le monde entier. Elles seront à l'origine du phénomène des *Broadway shows*.
	Répression en Indes, Gandhi encourage la désobéissance civile.
1920	Naissance de la Société des Nations.
	Aux États-Unis, Robert Flaherty réalise *Nanook of the North*. Le monde entier découvre avec fascination l'univers des « Esquimaux ».
	En U.R.S.S., S.M. Eisenstein réalise *Le Cuirassé Potemkine*.
	En Turquie, Moustafa Kemal devient chef du gouvernement. Il sera à

	l'origine de la modernisation et de la laïcisation de la Turquie.
	La France et la Grande-Bretagne se partagent l'Orient. Fayçal, fils d'Hussein, règne sur l'Irak.
	En Allemagne, Hermann Staudinger crée la chimie des macromolécules qui permettra l'invention des matières plastiques.
	En Irlande, combats entre catholiques et protestants, les premiers désirant leur indépendance. L'île doit être pacifiée par des troupes de choc.
1921	En Irlande, traité de Londres. La partie catholique de l'Irlande devient l'État libre d'Irlande. L'Ulster, de religion protestante, continue d'appartenir au Royaume-Uni. La guerre civile éclate et durera jusqu'en 1923.
	Les Britanniques confient la Jordanie à Abdullah, fils d'Hussein.
1922	L'Égypte devient indépendante.
	Au Canada, Frederick Banting, John Macleod et Charles Herbert Best isolent l'insuline du pancréas. Le diabète peut enfin être traité.
	En Grande-Bretagne, première émission de la BBC.
	Création de l'U.R.S.S.

1923	Crise économique majeure en Allemagne. Hitler écrit *Mein Kampf* (mon combat). Aux États-Unis, Joseph P. Maxfield invente le phonographe électrique.
1924	En U.R.S.S., mort de Lénine. Staline lui succède.
1925	Aux États-Unis, création du premier calculateur analogique par le physicien Vannevar Busch. L'ère des ordinateurs commence.
1927	États-Unis, Charles Lindbergh est le premier à traverser l'Atlantique sans escale (de New York au Bourget) ; le premier film parlant est présenté (*Le chanteur de Jazz*) ; Walt Disney crée Mickey Mouse.
1928	En Grande-Bretagne, le droit de vote est accordé aux femmes de 21 ans et plus.
1929	Aux États-Unis, *black thursday*. Effondrement des cours à Wall Street. Début de la grande dépression. En Grande-Bretagne, Alexander Fleming découvre la pénicilline. En Allemagne, Hans Berger met au point l'électroencéphalogramme. Il est maintenant possible d'étudier l'activité électrique du cerveau. Pierre Teilhard de Chardin étudie les restes de l'homme de Pékin.

	En Russie, Staline ordonne l'exécution et l'exil des paysans aisés (koulaks).
1930	En Allemagne, montée du national-socialisme. Le nombre de députés hitlériens passe de 12 à 107. En France, début de la construction de la ligne Maginot.
1931	En Grande-Bretagne, signature du Statut de Westminster.
1932-33	En U.R.S.S., la famine emporte 6 000 000 de personnes.
1932	Franklin Roosevelt devient le 32e président des États-Unis. Il remplira quatre mandats successifs.
1933	Hitler est nommé chancelier de l'Allemagne.
1934	Après la «Nuit des longs couteaux», Hitler devient le Führer et chef absolu de l'Allemagne.
1935	En Allemagne, création de la Wehrmacht sous le commandement d'Hitler. Adoption des lois racistes de Nuremberg privant les juifs de nombreux droits fondamentaux.
1936	En Grande-Bretagne, année des «Trois Rois». Mort de George V. Édouard VIII lui succède, mais il abdique pour épouser une Américaine divorcée. Son frère George VI lui succède.

1936	En Allemagne, lancement du dirigeable Hindenburg. Il s'embrasera à Lakehurst aux États-Unis.
	En Espagne, soulèvement militaire dirigé par Franco. Début de la guerre civile.
	En U.R.S.S., début de la grande terreur. Entre 1936 et 1938, Staline fait exécuter des milliers de personnes.
1938	En Allemagne, annexion de l'Autriche et des Sudètes par Hitler.
	En Turquie, mort de Mustapha Kemal.
1939	L'Allemagne envahit la Pologne. La Grande-Bretagne et la France déclarent la guerre à l'Allemagne. Début de la Seconde Guerre mondiale.
	Le Canada entre officiellement en guerre contre l'Allemagne (le 10 septembre).
	Aux États-Unis, le président Franklin Roosevelt proclame la neutralité des Américains.
	Signature du pacte de non-agression germano-soviétique.
	Début de la bataille de l'Atlantique par le torpillage d'un paquebot britannique non armé, l'*Athenia*, par le sous-marin allemand U-30.
	Fin de la guerre civile espagnole. Début de la dictature de Franco.

1940	En Grande-Bretagne, Winston Churchill devient Premier ministre. Début de la bataille d'Angleterre, les Anglais et les Allemands se disputent le ciel. La R.A.F. (Royal Air Force) l'emportera, mais les bombardiers allemands détruiront de nombreux quartiers de Londres.
	L'Italie et le Japon se rallient à l'Allemagne.
	La France capitule. L'armistice est signé à Rethondes le 22 juin. En Dordogne, découverte des grottes de Lascaux.
	Invasion allemande au Danemark, en Norvège et en Hollande. Capitulation de la Finlande.
	L'Italie, avec l'aide de l'Afrikakorps, attaque l'Égypte.
1941	Attaque japonaise sur Pearl Harbor, dans les îles Hawaii. Les États-Unis entrent en guerre.
	Les Allemands entrent en Grèce et envahissent les Balkans.
	En juin, opération «Barberousse». Hitler attaque l'U.R.S.S. (violation du pacte de non-agression).
1942	Le Japon occupe l'île de Java.
	Dans le Pacifique, bataille de la mer de Corail et de Midway (deux victoires américaines contre le Japon).

1942	En Égypte, l'Afrikakorps affronte les troupes britanniques de Montgomery. Victoire d'El Alamein, l'Afrique du Nord est libérée.
	Hiver 1942-1943, bataille de Stalingrad.[1]
1943	Au Canada, dans la ville de Québec, conférence réunissant Franklin Roosevelt, Winston Churchill et Mackenzie King. Accord sur le projet de débarquement en Normandie.
	Capitulation de la Wehrmacht à Stalingrad.
	Été 1943, les Alliés remportent peu à peu la bataille de l'Atlantique. Entre mai 1943 et mai 1945, l'Allemagne perd 313 sous-marins.
1944	Débarquement des Alliés en Normandie (opération *D-Day*).
	Débarquement des Alliés en Provence (opération *Anvil Dragoon*).
1945	Capitulation de l'Allemagne. Suicide d'Adolf Hitler. Fin de la guerre en Europe.
	Conférence de Yalta. Après la victoire, Roosevelt, Staline et Churchill élaborent un plan d'action pour stabiliser la situation partout en Europe.

---

1. Pour plus de détails à ce sujet lire : *À quatre pas de la mort* de John Wilson, collection DSJ n° 43.

▽	Deux bombes atomiques sont lancées sur le Japon. Fin de la guerre dans le Pacifique.
1946	Conférence de San Francisco et création de l'Organisation des Nations Unies. Négociations en vue de l'indépendance de l'Inde. Churchill réfère pour la première fois au « rideau de fer » créé par Staline. **DÉBUT DE LA GUERRE FROIDE...**

Compréhension de texte

1. Qui est Arthur Smith Woodward ?
   A. Le président de la Société géologique de Londres.
   B. Le découvreur du Sinanthrope.
   C. Le découvreur de l'Australopithèque.
   D. Le président de la Société géographique de Londres.

2. Depuis quand Rebecca est-elle installée chez son frère ?
   A. Depuis la naissance de Mabel.
   B. Depuis la mort de la mère de Mabel.
   C. Depuis que le père de Mabel est paralysé.
   D. Depuis le divorce du père de Mabel.

3. D'après le vicaire Wilcox, en quelle année la Terre a-t-elle été créée ?
   A. En l'an 0.
   B. En l'an 1000 avant Jésus-Christ.
   C. En l'an 3761 avant Jésus-Christ.
   D. En l'an 6381 avant Jésus-Christ.

4. Quel métier exerce Jessie Fowler?
   A. Paléontologue.
   B. Phrénologue.
   C. Archéologue.
   D. Biologiste.

5. Avec quoi Pierre a-t-il coloré la mâchoire de son homme de Piltdown?
   A. Avec du bichromate de potassium.
   B. Avec du cadmium.
   C. Avec du sulfate d'aluminium.
   D. Avec de l'oxyde de fer.

6. Pourquoi Pierre a-t-il limé les condyles de son homme de Piltdown?
   A. Parce que ces condyles auraient permis de connaître l'âge véritable de la mâchoire.
   B. Parce que les condyles permettent de déterminer le sexe du spécimen fossile.
   C. Parce que les condyles permettent d'associer la bonne mâchoire au bon crâne.
   D. Parce que les condyles permettent de déterminer l'espèce du spécimen fossile.

7. Pourquoi Rebecca refuse-t-elle que Mabel fasse du vélocipède?
   A. Parce que Rebecca trouve la chose indécente.
   B. Parce que Rebecca trouve que ces engins coûtent trop cher.
   C. Parce que Rebecca trouve que ce sport est trop dangereux.
   D. Parce que Rebecca préfère que Mabel apprenne à conduire une automobile.

8. Pourquoi Mabel finit-elle par quitter Cyril?
   A. Parce qu'elle aime Pierre.
   B. Parce que Cyril essaie de la contrôler et ne la comprend pas.
   C. Parce que Cyril devra partir à la guerre bientôt.
   D. Parce que Cyril est un homme foncièrement méchant et égoïste.

9. Lorsqu'ils sont pris par la tempête, où vont dormir Mabel et Cyril?
   A. Chez Winston Churchill.
   B. Chez Mark Twain.
   C. Chez Arthur Conan Doyle.
   D. Chez Oscar Wilde.

10. Mabel devient infirmière à l'instar de quelle infirmière célèbre?
   A. Florence Nightingale.
   B. Marie Curie.
   C. Leni Riefenstahl.
   D. Camille Claudel.

11. Qui est Arthur Keith?
   A. Un soldat héros de la bataille d'Angleterre.
   B. Un correspondant de guerre.
   C. Un cinéaste sur le front de la Somme.
   D. Un médecin sur le front.

12. Quel test révèle l'âge véritable de l'homme de Piltdown?
   A. Le test au carbone 14.
   B. Une étude dendrochronologique.
   C. Le test de la teneur en fluor.
   D. Une analyse stratigraphique.

L'histoire continue...

La paléontologie humaine est l'étude de la lignée humaine depuis sa séparation d'avec les grands singes.

Depuis la «découverte» de l'homme de Piltdown, cette science a fait de nombreux progrès.

À l'heure actuelle, l'étude des fossiles humains, associée aux progrès de la génétique, permet d'affirmer que le parcours évolutif du singe à l'homme n'a rien d'une ligne droite. Ce processus se traduit plutôt par un schéma complexe qui recèle encore bien des mystères.

Disons qu'en gros l'évolution de l'homme peut se résumer comme suit[55]...

Lucy, Ève africaine

L'être le plus proche du «chaînon manquant» est Lucy, soit le squelette d'une Australopithèque *A. afarensis* ayant probablement vécu il y a environ 4 à 2,5 millions d'années. Elle fut découverte en 1974 par Donald Johanson dans la dépression de l'Afar en Éthiopie.

Son volume crânien se situait entre 400 ml et 500 ml. La forme de ses mâchoires et de

---

55. Les données rassemblées ici sont tirées de *The Cambridge Encyclopaedia of Human Evolution* (1992), de Steve Jones et autres, Cambridge University Press.

ses dents indique qu'elle était très probablement en partie végétarienne. Elle devait peser entre 30 kg et 70 kg et mesurait environ 1 m à 1,5 m. Son allure et sa silhouette s'apparentaient à celles d'un chimpanzé.

Cependant, étant donné la forme de ses os, nous pouvons conclure que Lucy se tenait debout, ce qui la distingue d'un quelconque singe archaïque. Reste que ses bras étaient plus longs que ceux d'un homme moderne. Elle devait donc grimper facilement aux arbres.

Bref, Lucy n'est pas vraiment un singe et pas vraiment un être humain. C'est pourquoi elle n'appartient pas au genre homo, mais au genre australopithecine. Néanmoins, le genre homo, c'est-à-dire la lignée proprement dite de l'homme, descendrait de Lucy et de ses congénères.

L'homme habile

L'*homo habilis* ou «homme habile» était présent il y a environ 2 à 1,6 millions d'années. Il fut découvert en 1964 par Louis Leakey, Phillip Tobias et John Napier dans la faille d'Odulvai, en Tanzanie.

Les spécimens d'*homo habilis* avaient un volume crânien d'environ 500 ml à 800 ml et mesuraient entre 1 m et 1,5 m. La plupart des fossiles de cette espèce ont été retrouvés dans l'est de l'Afrique. Sa dentition suggère qu'il était vraisemblablement omnivore et charognard.

Son nom lui vient de sa capacité à se fabriquer des outils. Il est l'inventeur des plus vieilles industries lithiques, c'est-à-dire des plus vieux outils de pierre. Cette capacité le distingue des Australopithèques.

L'homme debout

L'*homo erectus* ou «homme debout» aurait vécu il y a environ 1,8 à 0,3 million d'années. Des fossiles de cette espèce ont été trouvés au nord du Kenya à Koobi Fora et à Nariokotome. Le spécimen fossile le plus célèbre est l'homme de Tautavel, découvert en 1971 par Henry de Lumley dans les Pyrénées-Orientales.

Il mesurait 1,3 m à 1,5 m. Sa capacité crânienne se situait entre 750 ml et 900 ml voire jusqu'à 1250 ml. Son ossature est bien adaptée à la marche. D'ailleurs, il sera le premier hominidé à sortir d'Afrique pour gagner l'Asie (comme nous le suggèrent les restes de l'homme de Java et de l'homme de Pékin), l'Indonésie et peut-être même le sud de l'Europe.

L'*homo erectus* était capable de se fabriquer toute une gamme d'outils de pierre et de bois. Il s'habillait de peaux de bêtes pour lutter contre le froid.

D'après les découvertes faites sur certains sites archéologiques, comme le site de Terra Amata, en France, nous savons qu'*homo erectus* était un chasseur-cueilleur nomade se déplaçant en bande, vivant dans des grottes et peut-être dans des abris de branchages. Certains lui attribuent la maîtrise du feu.

Et l'homme de Neandertal ?

Il y a environ 150 000 à 30 000 ans vivait l'homme de Neandertal ou «le nouvel homme». Des fossiles de cette espèce furent découverts pour la première fois en 1856, près de Düsseldorf en Allemagne, dans la vallée de Neander.

Il s'agit d'un être très évolué avec un cerveau dont le volume se situe entre 1200 ml et 1750 ml et il mesurait entre 1,5 m et 1,7 m. Comme il vivait dans le climat glacial du début de la dernière glaciation (le Würm), sa silhouette ressemblait probablement à celle des Inuits : un corps robuste et trapu capable d'emmagasiner un maximum de chaleur, contrairement aux silhouettes longues et élancées.

Tout comme *homo habilis*, l'homme de Neandertal était un chasseur-cueilleur qui se déplaçait en bande et se fabriquait des outils. Cependant, contrairement à ses prédécesseurs, il avait une dynamique sociale plus complexe et des comportements altruistes.

En effet, l'homme de Neandertal semblait s'occuper des membres de son groupe, veillait sur les plus faibles et les malades. Nous savons également qu'il enterrait ses morts suivant certains rituels funéraires.

La plupart des neandertaliens auraient vécu en Europe, mais des spécimens fossiles de cette espèce ont aussi été retrouvés dans le sud-ouest de l'Asie, en Ouzbékistan, en Irak et en Israël. Reste que son espèce semble avoir disparu il y a environ 35 000 ans. Certains spécialistes affirment qu'il fut éliminé par l'homme moderne, c'est-à-dire par l'espèce *homo sapiens* qui naquit en Afrique et se répandit en Europe il y a environ 100 000 ans. Pour d'autres, l'homme de Neandertal et l'*homo sapiens* auraient coexisté et fondé une race mixte de laquelle descend l'homme moderne, mais cette théorie est contestée. Il est donc impossible, à ce jour, de savoir si l'homme de Neandertal s'est tout simplement éteint ou s'il fait réellement partie de la lignée directe de l'humanité.

L'homme sage

L'*homo sapiens* ou «homme sage», homme de Cro-Magnon ou encore homme moderne aurait vécu il y a 130 000 à 60 000 ans. Il serait né en Afrique et se serait ensuite dispersé à travers le monde. Il aurait côtoyé, du moins durant un certain temps, l'homme de Neandertal.

Son volume crânien était de 1200 ml à 1700 ml et il mesurait entre 1,6 m et 1,85 m. Son visage et sa silhouette sont semblables à ceux de l'homme actuel. Contrairement aux autres membres du genre homo, il a un menton, une mâchoire courte et de petites dents.

L'*homo sapiens* savait se fabriquer de nombreux outils raffinés et de matières diverses : pierre, bois, ivoire et bois de renne. Reste que c'est sa capacité à « rêver » et à « imaginer » qui le différencie des autres espèces du genre homo. En d'autres mots, l'homme de Cro-Magnon maîtrise la pensée abstraite. C'est un artiste capable de sculpter et de peindre des fresques fabuleuses, telles celles découvertes dans les grottes de Lascaux et d'Altamira.

Encore aujourd'hui, aucune espèce sur Terre ne peut prétendre avoir les capacités intellectuelles de l'homme. C'est grâce à ce don que l'être humain peut se vanter d'être le seul mammifère à avoir conquis la planète et à s'être adapté à l'ensemble de ses climats.

Portrait

Pierre Teilhard de Chardin

Pierre Teilhard de Chardin est né en 1881, en Auvergne. En 1899, il entre dans l'ordre des Jésuites. Durant la décennie suivante, il passe trois années en Égypte au cours desquelles il enseigne la physique et la chimie. Il complète également sa formation théologique à Hastings, en Grande-Bretagne. C'est à cette époque qu'il fait des fouilles à Piltdown en compagnie de Dawson.

Ordonné prêtre en 1911, il se joint en 1912 au laboratoire de paléontologie du Muséum national d'histoire naturelle de Paris. Teilhard de Chardin commence alors à sérieusement s'intéresser à la paléontologie. Malheureusement, la guerre éclate et il est mobilisé comme brancardier.

Après l'armistice, il peut s'adonner de nouveau à sa passion : les sciences naturelles. Il reprend ses études et complète successivement trois licences : une en géologie, une en botanique et une en zoologie. Il termine son doctorat en 1922 avec une thèse s'intitulant *Mammifères de l'éocène inférieur français et leurs gisements*.

Vers 1923, Teilhard de Chardin se tourne vers la Chine. Il y habitera pendant plus de 20 ans et sera au rendez-vous avec l'Histoire lors de la découverte des restes de l'homme de Pékin.

Ce n'est qu'en 1946 que Teilhard de Chardin décide de retrouver le pays de son enfance. Il y jouit alors d'une grande notoriété et, en 1950, il est nommé à l'Académie des sciences. Environ un an après cette nomination, il s'installe à New York. Il participe alors à de nombreuses fouilles, en Afrique, où sont mis au jour des fossiles du genre australopithèque, ce qui, à son avis, tend à confirmer l'origine africaine de l'homme.

Mais Teilhard de Chardin est surtout connu pour ses ouvrages qui furent publiés uniquement après sa mort. En effet, entre 1940 et 1958, il écrira plusieurs essais à travers lesquels il tente de concilier la théorie de l'évolution et la doctrine religieuse. D'après de Chardin, les croyants et les scientifiques devraient tendre vers un même objectif, une certaine compréhension et fusion avec l'Univers :

> *Avant tout il me paraît clair que,*
> *si on néglige d'innombrables divergences*
> *secondaires et si on écarte en même*
> *temps la masse inerte et inintéressante*
> *de ceux qui ne croient à rien, le conflit*
> *psychique dont l'Humanité souffre aujour-*
> *d'hui tient à la division profonde des*
> *intelligences et des cœurs en deux*
> *catégories fortement tranchées :*
>
> *a) D'une part le groupe de ceux qui projet-*
> *tent leurs espérances dans un état ou un*
> *terme absolus situés au-delà et en dehors*
> *du Monde.*
>
> *b) Et d'autre part le groupe de ceux*
> *qui placent ces mêmes espérances dans*
> *un achèvement interne de l'Univers*
> *expérimental.*
>
> *Le premier groupe, de beaucoup le plus*
> *ancien, se trouve éminemment représenté*

*aujourd'hui par les chrétiens, défenseurs
d'un Dieu transcendant et personnel.
Le deuxième groupe, formé par ceux qui,
à des titres divers, consacrent leur vie
au service d'un Univers conçu comme
culminant, dans le Futur, en quelque
Réalité impersonnelle et immanente,
est d'origine toute récente.*

*De tous temps, il y a eu dans l'histoire
humaine, conflit entre « serviteurs du Ciel »
et « serviteurs de la Terre ». Mais c'est
seulement, en fait, depuis l'apparition de
l'idée d'Évolution (divinisant en quelque
manière l'Univers) que les fidèles de la
Terre se sont éveillés et élevés à une
véritable forme de religion, toute chargée
d'espérances illimitées, d'effort et de
renoncement.*

*Émigrer hors du Monde en le dédaignant ?
Ou bien rester dans le Monde pour le
maîtriser et le consommer ? Entre ces deux
idéaux ou mystiques antagonistes
l'Humanité se scinde en ce moment,
et affaiblit par suite d'une manière désastreuse, sa puissance vitale d'adoration.*

*Telle est à mon avis, plus profond que tout
conflit économique, politique ou social,
la nature de la crise que nous traversons.*

(...)

*À priori deux forces, pourvu qu'elles soient
toutes deux de signe positif, sont toujours
capables de grandir en se composant.
Foi en Dieu, foi au Monde: ces deux
énergies, sources l'une et l'autre d'un*

176

> *magnifique élan spirituel, doivent certaine-*
> *ment pouvoir s'accoupler efficacement en*
> *une résultante de nature ascensionnelle.*
> *Mais où trouver pratiquement le principe et*
> *le milieu générateurs de cette désirable*
> *transformation?*
>
> *Ce principe, et ce milieu, je crois les*
> *apercevoir dans l'idée, dûment «réalisée»,*
> *qu'il se produit, en nous et autour de nous,*
> *une montée continuelle de conscience*
> *dans l'Univers.*
>
> Teilhard de Chardin meurt le jour de Pâques,
> en 1955.
>
> En 1980, Stephen Jay Gould l'accuse d'avoir
> joué un rôle important dans le canular de Piltdown,
> mais toute cette affaire demeure un mystère…

Testez vos connaissances

1. Quelle découverte majeure fut faite à Laetoli?
   A. Des traces de dinosaures.
   B. Un mammouth préservé dans la glace.
   C. Les restes d'un homme préhistorique parfaitement conservé dans une tourbière.
   D. Des traces de pas vieilles de 3,5 millions d'années.

2. Qu'est-ce que la biologie évolutive et qui fut le premier à en parler?
   A. Il s'agit de la science de la classification des espèces et Carl von Linné en est le père.

B. Il s'agit de la science de l'évolution humaine à partir du singe et Darwin en est le père.

C. Il s'agit d'un principe voulant que les espèces actuelles soient issues d'espèces plus anciennes et Jean-Baptiste Lamarck en est le père.

D. Il s'agit de l'étude des dinosaures et Raymond Dart en est le père.

3. Lequel des livres suivants a été écrit par Charles Darwin ?

A. *La Revue d'anthropologie.*

B. *Adventures With the Missing Link.*

C. *The Origine of Species by Means of Natural Selection.*

D. *Ancient Man in North America.*

4. Qui est Stephen Jay Gould ?

A. Le père de la théorie du Big Bang.

B. Le père de la taxonomie.

C. Le père de la théorie de la relativité.

D. Le père de la théorie des équilibres ponctués.

5. D'un point de vue génétique, l'homme diffère du chimpanzé à :

A. 50 %

B. 1 %

C. 99 %

D. 25 %

6. Qu'est-ce que « la première famille » ?

A. Un ensemble de momies très anciennes.

B. Adam et Ève.

C. Un ensemble de corps, dont celui de Jésus, trouvés dans une tombe ancienne.

D. Un ensemble de fossiles.

Matière à réflexion...

Le canular de l'homme de Piltdown n'est qu'un parmi de nombreux autres dont l'Histoire a conservé le souvenir.

Vers 1872, François Louis de la Porte présente au monde l'*Ompax spatuloides*. Sans le savoir, il est victime d'un tour perpétré par des gens du Queensland qui ont créé le seul et unique spécimen de cet animal à partir du corps d'un mulet, de la queue d'une anguille et de la tête d'un poisson.

En 1938, Orson Wells joue dans une adaptation radiophonique de *La guerre des mondes* de H.G. Wells. Il y incarne un présentateur de la CBS qui annonce une invasion extraterrestre. Tous les auditeurs y croient dur comme fer et la panique s'installe partout dans le pays.

Environ 20 ans plus tard, Pierre-Paul Grassé mystifie la communauté scientifique avec ses *rhinogrades*, des petites bêtes d'une espèce complètement fictive. Sous le nom de Harald Stümpke, il publie un ouvrage aux Éditions Masson dans lequel il explique la découverte de cette espèce non répertoriée et la décrit avec tout le zèle d'un parfait scientifique.

Et que dire de l'affaire Clonaid? En 2003, cette association étroitement liée au mouvement raëlien annonça au monde entier avoir créé le premier clone humain. Malgré l'insistance de la presse et de la communauté scientifique, l'association n'a jamais prouvé ses dires. Tout porte à croire qu'il s'agissait là d'un canular pour donner un maximum de visibilité au mouvement raëlien.

Enfin, tout récemment, certaines personnes ont inventé de toutes pièces un personnage de l'histoire de la Pologne en forgeant une entrée sur Wikipédia. Quelques mois après sa création, le «héros» nommé Batuta était mentionné un peu partout dans les articles de la Wikipédia polonaise. Peu à peu, Internet a légitimé son existence en le mentionnant ici et là. Ce canular n'a été découvert qu'il y a peu de temps et démontre bien les faiblesses d'Internet comme source valable d'informations.

D'après vous, à l'ère des médias et de l'autoroute de l'information, comment faire pour distinguer la vérité de la fraude?

Découvertes

1. La vie sur Terre :
petite récapitulation

La biologie évolutive propose des échelles temporelles impressionnantes. Tout semble se calculer en millions d'années suivant des périodes, biologiques et géologiques aux noms étranges… Et si nous résumions un peu ?

La Terre s'est formée il y a environ 4 milliards d'années durant l'hadéen.

Notre planète n'a supporté aucune forme de vie jusqu'à l'archéen, il y a 3,5 à 2,8 milliards d'années. C'est alors que sont apparus les premiers êtres vivants unicellulaires. Tranquillement, ces organismes rudimentaires se sont complexifiés. Les êtres unicellulaires sont devenus pluricellulaires. Ainsi, petit à petit, se sont développés les mollusques et les crustacés.

Les premiers poissons sont arrivés il y a 505 à 438 millions d'années. Il s'agissait alors de poissons osseux, comme les placodermes (ces poissons étaient recouverts de plaques rappelant les carapaces des tortues).

Les premiers amphibiens ont fait leur entrée au dévonien, il y a 408 à 360 millions d'années. Les premiers reptiles sont apparus au carbonifère, il y a 320 à 286 millions d'années. C'est aussi à cette époque que se sont formés les gisements de pétrole.

Cette période est suivie par le triassique, il y a 245 à 208 millions d'années. C'est l'ère des dinosaures. Les premiers oiseaux et mammifères sont arrivés peu après, au jurassique, entre 208 et 144 millions d'années. Puis, les dinosaures ont disparu durant le paléocène, entre 65 et 55 millions d'années.

Les premiers primates ont fait leur apparition durant l'éocène il y a 55 à 34 millions d'années. À la suite de quoi la lignée humaine s'est séparée de la lignée des primates vers la fin du miocène et au début du pliocène, il y a 7 à 5 millions d'années. Enfin, l'Australopithèque fait son apparition au pliocène, il y a probablement 3,8 à 3,0 millions d'années.

Bref, par rapport à l'histoire de la Terre et de la vie sur notre planète, l'histoire de l'homme est d'une durée insignifiante. Si nous devions condenser le tout en une journée, l'homme n'y occuperait même pas une seconde... Alors, faisons preuve d'un peu d'humilité !

2. Lucy, Ève africaine

Lucy est une Australopithèque *A. afarensis*. Les australopithécinés forment un ensemble d'espèces partageant des caractéristiques communes. Ils font partie de la lignée humaine, tout en n'étant pas encore tout à fait humains.

Tous les australopithécinés étaient bipèdes, c'est-à-dire qu'ils marchaient régulièrement debout. Cela les distingue des grands singes (chimpanzés, gorilles, orangs-outangs et gibbons) qui se déplacent occasionnellement debout lorsque leur environnement les y contraints.

La bipédie implique une série de changements importants au niveau de la morphologie de Lucy par rapport à celle des grands singes. En voici quelques-uns :

- Les os de son bassin sont plus courts. Ce raccourcissement du bassin abaisse le point de gravité de Lucy, ce qui lui permet de redresser son tronc.
- Sa colonne vertébrale s'est également transformée. Les grands singes ont une colonne droite, alors que Lucy a, comme nous, une colonne en forme de S. En effet, notre colonne a deux courbes : une courbe lombaire dans le bas du dos et une courbe thoracique vers le milieu du tronc. Ces courbes ont deux fonctions. D'une part, elles permettent le redressement de la colonne afin que tout le poids du tronc soit au-dessus du point de gravité et, d'autre part, elles

servent à absorber les chocs inhérents à la marche debout.

– Les pieds de Lucy ont une arche pour atténuer ces chocs. Ses orteils sont plus courts, car ils n'ont plus de fonction préhensile (puisqu'elle marche dessus, ils ne servent plus à prendre des objets).

– Son *foramen magnum*, c'est-à-dire le trou par lequel passe sa moelle épinière, se situe vers le milieu de la base de son crâne plutôt que vers l'arrière, comme les grands singes. Cela permet au crâne de Lucy de reposer directement au-dessus de sa colonne vertébrale, comme un bouchon sur une bouteille, et d'orienter son visage vers l'avant. Ainsi Lucy pouvait-elle regarder droit devant.

3. Pourquoi la bipédie ?

Lorsque Lucy fut découverte, les paléontologues se sont interrogés sur l'apparition de la bipédie. En quoi étaient avantagés les individus capables de se tenir debout ? Pour certains, l'avantage était la capacité de transporter des objets. Pour d'autres, il s'agissait plutôt d'une meilleure vision.

Actuellement on croit plutôt que la bipédie est née d'une adaptation à l'environnement des Australopithèques qui vivaient dans des savanes similaires à nos savanes africaines.

Plus précisément, on pense que l'être humain s'est adapté aux températures élevées de ce type d'environnement.

En effet, la savane africaine est extrêmement chaude, surtout vers midi alors que le soleil est à son zénith. Durant ces quelques heures, afin d'éviter l'hyperthermie, soit une montée de la température corporelle pouvant entraîner la mort, la plupart des animaux cherchent un coin d'ombre où se reposer. Ceci est particulièrement vrai des grands prédateurs (les lions, les hyènes, les guépards…). Les ancêtres de l'homme aptes à affronter la touffeur avaient alors l'opportunité d'occuper l'espace, de s'y déplacer sans trop de danger pour avoir accès aux ressources et même pour profiter des restes de la chasse des grands fauves (les premiers hommes étaient vraisemblablement en partie charognards).

Ainsi l'environnement aurait-il avantagé la survie des hominidés capables de se tenir debout. Ceci parce que la station debout et la bipédie constituent un moyen efficace de combattre la chaleur. L'homme qui se tient droit n'expose que le dessus de sa tête au soleil. De plus, la marche debout éloigne le tronc et les organes vitaux du sol qui est très chaud. Enfin, les individus bipèdes profitent du vent circulant au-dessus des hautes herbes et ce vent est plus vif que celui au ras du sol.

Tout ceci contribue à réduire la température corporelle, sans compter que la marche debout est énergiquement très économique.

Voilà probablement pourquoi l'homme debout fut largement favorisé par la sélection naturelle.

1. Les romans jeunesse

De l'autre côté du ciel (2002),
d'Évelyne Brisou-Pellen, Gallimard.
À partir de 11 ans

Il y a très longtemps, pendant la préhistoire, Moï et Reuben sont les plus grands aventuriers de leur peuple, aussi appelé «le Centre du Monde». Leurs destins sont déjà programmés : Moï doit devenir le chef de sa tribu, tandis que Reuben, lui, doit devenir le sorcier. Cob, le frère de Moï, ne peut être le chef de la tribu, bien qu'il soit l'aîné. Tout cela parce qu'il est né à la pleine lune : le dieu peut donc le voir partout. Moï pourra épouser la jolie Delphéa, mais seulement s'il revient vivant de «l'autre côté du ciel». À deux, tout peut arriver. S'ils veulent chasser, ils ne peuvent pas avoir de gros gibier, mais seulement de petits oiseaux, des lapins… Un jour, ils croisent un étranger. Cet homme ne leur ressemble pas. Il doit aller là où la terre et le

---

56. La plupart des résumés de romans et de monographies jeunesse sont tirés des sites suivants où vous trouverez d'autres références intéressantes :
http://www.paleolithique.org
http:// www.ricochet-jeunes.org
http://crdp.ac-bordeaux.fr

ciel se rejoignent. Comme c'est dans la même direction, ils décident tous trois de faire le chemin ensemble, du moins c'est ce qu'ils croient…

Chaân, la rebelle (2003),
de Christine Féret-Fleury, Flammarion.
À partir de 11 ans

Chaân est une jeune fille de 12 ans qui vit 3 500 ans avant notre ère. Elle appartient au peuple du lac et, par sa fougue et sa jeunesse, défie les lois de son peuple. En effet, elle veut, comme les hommes, devenir chasseresse, et s'entraîne en secret. Mais ce défi n'est pas si simple, et ses parents ne peuvent que la rejeter. Elle se lie alors d'amitié avec Jaron, son maître de chasse, et surtout avec sa fille Lûn (que le village prend pour une sorcière). Lorsque Jaron meurt au cours d'une chasse, les deux filles partent avec les hommes à la recherche de nouvelles terres. Mais la route est parsemée d'embûches. Christine Féret-Fleury dresse ici le portrait d'une héroïne moderne éprise de liberté et d'indépendance. Écrit dans une langue simple, et aux chapitres courts, ce roman restitue également la vie des premiers hommes sédentaires, même si l'ensemble se veut d'abord une histoire d'amitié et d'aventure.

Chaân, la caverne des trois soleils (2004),
de Christine Féret-Fleury, Flammarion.
À partir de 11 ans

Deuxième volume des aventures de Chaân.
L'action se situe 3 500 ans avant notre ère,
au cœur de la préhistoire. La tribu doit s'installer sur de nouvelles terres. Chaân et Lûn
partent en éclaireurs en compagnie d'un petit
groupe de chasseurs. Mais après un tremblement de terre, les deux jeunes filles se
retrouvent séparées du reste de la troupe. En
plein hiver, Lûn étant blessée, elles vont devoir
retrouver leur chemin. Grâce à un cheval, à
une guérisseuse et à plusieurs autres rencontres, les deux jeunes filles pourront rejoindre
la caverne des trois soleils. Un roman d'aventure avec tous les ingrédients du genre.

Chaân, la montagne du destin (2004),
de Christine Féret-Fleury, Flammarion.
À partir de 11 ans

Dans ce troisième épisode, Chaân et Lûn ont
16 ans. Un jour, le village est attaqué et les
villageois doivent se réfugier dans une grotte.
Lûn réussit à s'échapper et à ramener de
l'aide. La rencontre avec ce groupe va permettre de découvrir un nouveau chaman et
de pouvoir enterrer les morts. La paix revient.
Chaân est promise à Danil. Mais au cours de
la cérémonie, elle choisit de partir avec Kern,
qui lui propose de découvrir la mer…

Un cheval pour Totem (2000),
d'Alain Surget, Flammarion.
À partir de 9 ans

Il y a environ 15 000 ans en Corrèze, le jeune adolescent Nuun passe avec succès l'épreuve initiatique du basculement dans le monde adulte. Il choisit le cheval comme animal-totem mais, à l'occasion de sa première chasse, la nature attachante de cet animal se révèle en lui. Au grand étonnement de la tribu, Nuun ne peut se résoudre à tuer l'animal. Mieux encore, il parvient à domestiquer le premier équidé contre l'avis de Gor, le sorcier soupçonneux. L'histoire sympathique de la plus noble conquête de l'homme qui semble bien n'être intervenue, dans la réalité, que plusieurs millénaires plus tard.

L'écho des cavernes (2002),
de Pierre Davy, Syros.
À partir de 11 ans

Un drôle de petit traité sur l'invention du langage. Voici Sapiens, notre ancêtre, qui découvre que sa tribu a un problème de communication. Mais sa horde est bien primitive. Avec optimisme et persuasion, il décide d'inventer la parole. Une autre manière de réfléchir sur notre moyen de communication.

La horde des glaciers (2004),
d'Erich Ballinger, Milan.
À partir de 11 ans

Entre préhistoire et policier, un roman d'aventure inspiré par Otzi, homme du néolithique découvert dans les Alpes en 1991. La grande magicienne de la tribu des Kanouk vient d'être tuée. Le coupable semble tout désigné : Bal-Bes, qui fut banni du groupe il y a quelques années. Poursuivi, il est condamné à monter toujours plus haut, jusqu'aux glaciers, là même où la grande magicienne avait prédit la mort d'un homme. Une poursuite haletante et bien informée.

Préhistoriens en herbe (2002),
d'Anne de Semblançay, Gallimard.
À partir de 9 ans

Avec son ami Jules, Emmanuel participe au premier chantier de fouilles de sa grande cousine Mélanie. Les jeunes gens partent ainsi en Dordogne et vont fouiller l'entrée d'une grotte aux parois décorées. À partir de faits réels (la grotte de La Mouthe existe et tout ce qui s'y rapporte est vrai), ils découvriront que l'homme de Neandertal a pu graver un objet en os, ce qui va à l'encontre de l'opinion des spécialistes. Un roman pour petits aventuriers à la découverte des hommes préhistoriques.

Le premier chien (2002),
de Jean-Luc Déjean, Hachette.
À partir de 9 ans

Précipité du haut d'une falaise par les ennemis de son père, le jeune Asak s'enfuit à la nage... Il est dur de vivre en exil, seul dans la nature sauvage, en ces temps de la préhistoire. Asak saura-t-il apprivoiser les petits chacals dont il aimerait tant se faire des amis ? Les protéger des renards, des loups, de la famine ? Reverra-t-il son village où tous le croient mort ?

Le premier dessin du monde (2001),
de Florence Reynaud, Hachette.
À partir de 11 ans

Au temps de la préhistoire, Killik a 11 ans et se découvre des talents de dessinateur. Le jeune garçon semble posséder un don. Mais ceci ne plaît pas au sorcier Ordos, qui croit à une malédiction. Killik est alors banni du clan. Mais après plusieurs aventures, il reviendra et sera aux yeux de tous un magicien capable de redonner vie aux animaux de pierre. Une histoire inspirée par la découverte de la grotte de Chauvet.

Le puits du taureau (1997),
de Maurice Pommier, Gallimard.
À partir de 11 ans

Mélange subtil de roman policier et de récit d'aventure – celle de la découverte d'une grotte préhistorique par des enfants –, ce livre est aussi l'occasion d'en apprendre un peu plus sur le métier d'archéologue. Quelques croquis et dessins illustrent les différentes facettes du métier de préhistorien, de la fouille à l'archéologie expérimentale. Au total, un roman bien documenté.

2. Les monographies jeunesse

Cro-Magnon et nous (2000),
de Pascal Picq, Mango.
À partir de 13 ans

L'auteur est paléontologue au Collège de France. Il raconte les origines d'*Homo sapiens* à l'aide de dessins, de photographies, de gravures, de peintures, de découpages et de photomontages.

Les hommes préhistoriques (1999),
de Charlotte Hurdman, De la Martinière.
À partir de 9 ans

Reconstitution du mode de vie des hommes au paléolithique et au néolithique, enrichie d'exemples pris parmi les peuples actuels : habitat, environnement, alimentation, inventions technologiques et artistiques.

Homo, le genre humain (2000),
de Robert Poitrenaud et Georges Delobbe,
PEMF.
À partir de 13 ans

Présentation, sur un mode alphabétique, des principaux thèmes liés à la préhistoire. Depuis «chaînon manquant» à «écriture», en passant par «Neandertal», «cerveau», «intelligence», «datation» et «race».

Homo sapiens, la grande histoire de l'homme expliquée aux enfants (2004), collectif sous la supervision d'Yves Coppens, Flammarion.
À partir de 10 ans

Cet album retrace l'histoire d'*Homo sapiens,* premier représentant de l'homme moderne : naissance, vie sociale, migrations, rapports avec les autres hommes, agriculture, domestication des animaux, *etc.* Illustré des photos de la série télévisée *Homo sapiens,* suite du film *L'Odyssée de l'espèce.*

Homo sapiens : l'aventure de l'homme (2004), d'Yves Coppens et Clara Delpas, Flammarion.
À partir de 10 ans

Tiré du documentaire de Jacques Malaterre, ce livre explique l'évolution de l'homme, cartes et schémas à l'appui, et constitue une excellente approche de la paléontologie.

La préhistoire (2000),
de Pascal Picq, Mango.
À partir de 13 ans

L'auteur est paléontologue au Collège de
France. Son livre décrit la vie quotidienne des
premiers hommes : les outils, les animaux,
le feu.

La préhistoire, la vie quotidienne
de nos lointains ancêtres (2002),
de Louis-René Nouiger et autres, Hachette.
À partir de 10 ans

La découverte de la préhistoire : le mode de
vie des hommes préhistoriques, leur façon
de se protéger, la signification de leurs peintures rupestres... Comprend 12 vignettes à
découper sur ce thème en fin d'ouvrage.

Les premiers hommes (2003),
Collectif, Gallimard.
À partir de 12 ans

Découvrez toute l'évolution de l'homme, des
premiers hominidés en Afrique tropicale, il
y a environ 10 millions d'années, jusqu'à
l'époque où l'homme sut travailler le fer, il
y a plus de 3 000 ans. Que mangeaient
les hommes préhistoriques ? Comment
fabriquaient-ils leurs outils de silex ? Quand
l'homme commença-t-il à cultiver la terre et
à élever des animaux, et pourquoi ? En allant

à la rencontre de vos ancêtres humains autour du monde, vous apprendrez tout de leur vie quotidienne, de leurs techniques et de leur art.

*La vie des enfants au temps
de la préhistoire* (2002),
de Pierre Pelot, Éditions du Sorbier.
À partir de 9 ans

Grâce à des peintures, à des objets sculptés et à des pierres taillées réalisés par des hommes de Cro-Magnon, l'auteur retrace l'histoire d'un clan d'hominidés.

3. Les DVD

Au cœur de Lascaux (2005),
Kheops studio, The Adventure Company.

Jeu vidéo. Aventure en vue subjective mettant le joueur dans la peau d'un homme préhistorique vivant dans la célèbre grotte et appelé à résoudre toutes sortes d'énigmes plus ou moins en rapport avec les fresques.

Homo sapiens (2005),
de Jacques Malaterre, Boréales.

Film documentaire présentant l'expansion d'*Homo sapiens* vers l'Afrique, l'Asie ou encore l'Europe. Beaucoup de thèmes sont abordés, comme le chamanisme, les multiples rencontres avec l'homme de Neandertal, les débuts de la navigation, l'utilisation des propulseurs, l'art rupestre.

Lascaux, la préhistoire de l'art (2001),
d'Alain Jaubert, Éditions Montparnasse.

Film documentaire retraçant et expliquant les débuts de l'art rupestre. En plus du film d'Alain Jaubert, ce DVD contient un nouveau film exclusif : *La nuit des temps*. Il concerne la merveilleuse découverte de la grotte de Lascaux par des enfants de Montignac.

Naoum, la musique de la préhistoire (2000),
de Jean-Philippe Arrou-Vignod et autres,
Gallimard.
À partir de 10 ans

Dans un campement magdalénien, Naoum, 10 ans, prend la tête de la tribu en succédant à son père qui vient de mourir. Il doit guider sa tribu vers de nouveaux territoires de chasse, alors que l'hiver arrive. La musique, la danse et les chants sacrés lui permettront de trouver la bonne direction. Fiction complétée par une partie documentaire et un disque compact.

L'Odyssée de l'espèce (2003),
de Jacques Malaterre, France 3.

Film documentaire mélangeant images de synthèse et tournage classique. On y présente huit hominidés différents : des Australopithèques, des *Homo habilis* et des *Homo sapiens*... Yves Coppens, Anne-Marie Bacon (CNRS) et Sandrine Prat, du Collège de France, ont participé au projet.

La préhistoire (2006), Carré multimédia
et Réunion des musées nationaux.
À partir de 8 ans

Grâce à un récit de 45 minutes constitué de questions-réponses entre un personnage animé qui veut tout savoir et un narrateur, on plonge dans l'histoire des premiers hommes. Au fil de la narration, des ateliers ludiques et des informations complémentaires apparaissent dans l'interface de navigation. L'enfant peut intervenir à tout instant et parcourir le programme à son rythme. La chronologie développée dans le bas de l'écran permet à tout moment de se situer dans le temps.

Autres

Les jeux de la préhistoire (2000),
de Philippe Dupuis et Jack Garnier,
réunion des musées nationaux.
À partir de 8 ans

Cahier de jeux. Des quiz, des jeux, des mots croisés pour découvrir la préhistoire en s'amusant.

Compréhension de texte

1. A.	**4.** B.	**7.** A.	**10.** A.
2. B.	**5.** A.	**8.** B.	**11.** D.
3. C.	**6.** C.	**9.** C.	**12.** C.

Testez vos connaissances

1. Réponse : D. En 1978, Mary Leakey a découvert des traces de pas datant d'environ 3,5 millions d'années. Il s'agit des traces de deux Australopithèques : l'un adulte et l'autre juvénile. À l'origine, ces deux individus ont laissé leurs empreintes dans des cendres volcaniques encore chaudes. Les cendres, en refroidissant, se sont solidifiées. Ainsi les traces ont-elles été préservées. Elles prouvent de façon indéniable que l'Australopithèque se déplaçait debout.

2. Réponse : C. La biologie évolutive est une science dont le postulat de base est que les espèces actuelles sont issues d'espèces plus anciennes, moins complexes, qui se sont transformées. Lamarck croyait qu'un même organisme pouvait évoluer au cours de sa propre existence et transmettre ses nouveaux traits ou caractères à sa progéniture. Ainsi, d'après lui, une girafe étirant son cou pour manger les feuilles d'un arbre en viendrait à avoir un cou de plus en plus long et à donner naissance à des petits à très longs cous. Nous savons aujourd'hui que tel n'est pas le cas et que l'évolution est plutôt due à la diversité biologique et à la sélection naturelle. En d'autres mots, c'est la nature et les conditions environnementales en général qui favorisent la survie de certains individus plutôt que d'autres au sein d'une même espèce. C'est le principe de la « survival of the fittest », la survie du mieux adapté.

Prenons, par exemple, une population de girafes. Certaines ont le cou long et d'autres très long, tout comme on peut trouver dans une même pièce des hommes grands et petits. Supposons maintenant qu'une sécheresse emporte tous les petits arbres et que les girafes se voient contraintes de se nourrir dans les arbres les plus hauts. À partir de ce moment, les girafes à long cou sont mieux adaptées et ont de meilleures chances de survie. Les plus petites girafes ont plus de difficultés à se nourrir et meurent en grand nombre. Bref, lorsque vient la saison des amours, il ne reste que de grandes girafes qui donnent naissance à de grandes girafes. La population de girafes a donc évolué vers un type plus grand. Les girafes se sont adaptées à une contrainte de leur environnement.

3. Réponse : C. Charles Darwin est l'auteur de *The Origine of Species by Means of Natural Selection* ou *L'origine des espèces*. Ce livre qui fut publié en 1859 jette les bases de la théorie de l'évolution.

4. Réponse : D. Stephen Jay Gould est, avec Niles Eldredge, le père de la théorie des équilibres ponctués. D'après cette théorie, l'évolution n'est pas un processus très long et progressif. Il s'agit plutôt d'un processus où des périodes de grands changements évolutifs succèdent à de longues périodes de stagnation appelées « stases ». En un mot, l'évolution fonctionnerait par bonds et non à petits pas.

5. Réponse : B. La phylogénétique est la science qui mesure la distance génétique entre toutes les espèces vivantes que l'on présume descendre d'un seul et unique ancêtre commun. D'après les généticiens exerçant dans ce domaine, l'homme et le singe ont un bagage génétique pratiquement identique qui ne diffère que de 1 % à 4 %. L'homme et le chimpanzé se ressemblent sur bien des points. Ils ont à peu près les mêmes os, les même muscles, la même structure d'organes, la même formule dentaire (32 dents), les mêmes ongles, la même vision stéréoscopique, la même capacité de préhension au niveau des membres antérieurs (les mains)…

6. Réponse : D. La «première famille» est le nom donné à un ensemble de fossiles découverts dans un célèbre site de fouille, à Hadar, en Éthiopie, un an après la découverte de Lucy. Les restes d'au moins 13 individus ont été récoltés à cet endroit. Au total, 200 fragments d'os et de dents furent récupérés. Cette trouvaille, ajoutée aux études sur Lucy, font en sorte que les Australopithèques *A. afarensis* représentent l'espèce d'Australopithèque la mieux connue à ce jour.

Bibliographie

Les informations contenues dans ce supplément
sont tirées des monographies suivantes:

Archaeology, Discovering our Past (1993),
de Robert J. Sharer et Wendy Ashmore,
Mayfield Publishing Company.

*The Cambridge Encyclopaedia of Human
Evolution* (1992), de Steve Jones et
autres, Cambridge University Press.

Les civilisations du paléolithique (1982),
de Francis Hours, PUF.

Le fil du temps (1983), d'André Leroi-
Gourhan, Fayard.

*L'homme avant l'homme, le scénario des
origines* (1994), d'Herbert Thomas,
Gallimard.

La préhistoire d'un continent à l'autre
(1989), collectif sous la direction de Jean
Guilaine, Larousse.